文春文庫

傑作はまだ

瀬尾まいこ

文藝春秋

目次

単行本　２０１９年３月　ソニー・ミュージックエンタテインメント刊

傑作はまだ

第1章　息子が来た日

1

「実の父親に言うのはおかしいけど、やっぱりはじめましてで、いいんだよね？　ま、名前と顔は知ってるだろうけど、永原智《ながはらとも》です。はじめまして」

突然やってきた青年に玄関でそう頭を下げられ、俺はただ、「ああ、まあ」としか声が出なかった。

「ああ、まあって。おっさん、俺のこと知ってるよね？　そんな、猫が水鉄砲食らったような顔しないでくれよな」

「ああ、まあ」

「ああ、まあ、って口癖？　それより上がっていい？　豆大福買ってきたし、一緒に食べよう」

青年は、猫に水鉄砲ってなんなんだと俺が頭を抱えている間に、「やっぱりいいとこ住んでんだなあ」とずかずかとリビングへと入っていった。

すっきりした日の光が差し込む十月の午後。昨晩は遅くまで仕事をしていて、午後一時を過ぎてもまだ眠っていた俺は、チャイムの音に確認もせずに玄関まで出てしまった。新聞の勧誘か宅配便。ここ何年間、訪ねてくるのはそれぐらいしかないから、青年が、いや、息子がやってくるだなんて思いもしなかった。

「えっと……、君はその、なんだ」

「その、なんだ、って?」

まっすぐに顔を見返され、思わず目をそらすと、「おいおい、息子が家に来てそんなにどぎまぎする?」と青年は笑った。

俺よりわずかに高い身長にほっそりとした体。何枚も写真を見ているせいで、顔はよく知っている。まぶしそうな目に、横に広い口。少しとがった顎《あご》にきれいな形の鼻。当たり前だけど、写真と同じ顔だ。だけど、何の予兆もなく、名前と顔しか知らない息子が目の前に現れたのだ。戸惑わずにいられるわけがない。

「いや、あまりにも唐突で」

「そう？　あ、おっさん、甘いの大丈夫？」

「あ、ああ」

「よかった。じゃあ、小さい皿出して。で、お茶。渋めの淹《い》れてね」

青年は紙袋から大福を取り出しながら、そう言った。

「さ、皿……お茶……」

突然の事態にあたふたしている上に、会社勤めの経験がない俺は、てきぱきと指示を出されることにおろおろとしてしまう。台所でうろたえていると、「早く食おうぜ。出来たて買ってきたんだから」と青年にせかされた。

俺は呆然としたまま、なんとかお茶を淹れ、皿を用意した。

「うわ、どうして、白いプレート？　これ、パン載せる皿じゃん。ここに白い大福置いても、ちっともおいしそうじゃないだろう。おっさん、こだわり強そうな小説書いてるくせにこういうのは平気なんだ」

青年は俺が用意した皿に顔をしかめると、勝手に食器棚を開けて物色しだした。

「どれもこれもいまいちだな。おっさん、普段何食べてんの？　一人暮らしとはいえ、食器の数少なすぎだろう」

「ああ、まあ、どうでもいいからいったん座ろう」

いくつか言葉を発するうちに寝ぼけていた頭もはっきりとしてきて、今、目の前に起きている出来事にようやく追いついてきた。

「黒いからこれでいっか」

青年はそう言うと、小皿を二枚出して、「まだふっくらしてるよ。ここの大福、豆が本当うまいんだ」と大福を載せた。

「で、どういうことなんだろうか」

俺は一口お茶を飲んでそう聞いた。渋めに淹れたお茶で完全に目が覚めた。

「うん？　何が？　あ、やっぱりうまい」

青年は首をかしげながらも、のんきに大福をかじっている。

「何がって、全部だよ。俺は今何が起こっているのか理解できていないんだが」

「そっか。突然来ちゃったからな。連絡したほうがよかった？　でも、おっさんの住所は知ってるんだけど、電話番号わからなくてさ」

「そういうことではなく……」

「なんということではなく？」

「何なのだろうって、息子が家に来てそうなる？　あれ？　おっさん、俺のことは知ってるよね？　まさか写真見てないとか？」

青年は手についた大福の粉を払って神妙な顔をして見せた。

「いや、写真は見ているし、知っているといえば知っている」

「じゃあ、俺の何を知ってて、何がわからないの？」

何度も写真で見た飄々《ひょうひょう》とした顔。幼いころからこの表情は変わっていない。

永原智。血のつながった俺のれっきとした息子だ。毎月養育費を振り込んだ後に一枚送られてくる写真を二十年間見てきたから、顔はよく知っている。でも、それだけだ。生まれたことを告げられただけで、今まで一度も会ったことはなかった。

「名前と顔は知っている。あと、六月生まれで今年二十五歳になったはずだ」

「なるほど。今の世の中親子関係も希薄だから、そんなもんかなあ。加えるなら身長は百七十六センチで体重は五十九キロ。で、どう？」

青年は俺の顔を見た。

「で、どう、ってなんだ？」

「実際に会ってだよ。おっさん、写真しか見てなかったんだろう？　実物の俺を見てどう思った？」

「そ、そうだな……。写真は五年前までしか見ていないから、少し大人にもなっているし、写真より実物のほうがきりっとした顔をしているというか」

俺がそう答えると、青年はげらげらと笑いだした。

「俺、息子だぜ？　芸能人と対面したわけじゃないんだから。変な感想」

「そうか」

「そうだよ。普通は感動したりするもんだろう？　二十五年間会わずにいた息子が来たんだぜ？　すべて俺が悪かったって泣いて詫《わ》びたり、今からなんだってしてやるって熱い抱擁を交わしたり、そういうのないの？」

青年は「この大福、あっさりしてるから何個でも食べられるんだよな」と二個目の大福に手を付けながら言った。

そうか。これは生き別れの親子の再会か。それなら映画やドラマで何度か見たことはある。憎しみや愛情や後悔、いろんな思いがあふれ、盛り上がる場面だ。けれども、実際に一度も会ったことがないからか、共に過ごした時間が皆無だからなのか、今、目の前に息子が現れたというのに、俺の中には驚きと戸惑いしかなかった。

「いや、突然だったから」

「突然でいいじゃん。ぼちぼち息子が会いに来るって前ふりがあったら、感動薄まらない？」

「どうだろうか。……というか、君はどうして今日、ここに？」

十月十日水曜日。誰かの誕生日でも、祝日でもない。今まで写真が送られてくる以外に俺たちの間にやりとりは一度もなかった。それなのに、なぜ今日、彼はここに来たのだろうか。

「今の仕事先がこの家から近くてさ。今まで電車乗って通ってたんだけど、考えたらここから通えばいいかなって。しばらく住ませてよ」

「住ませてとは？」

「ここ、でかいじゃん。部屋余ってるだろう？ おっさん一人暮らしだしさ」

「部屋はあるにはあるが……。いや、だからといって住むと言われても」

「そんな長居はしないしさ」

「長居はしないって、君、仕事は何してるんだ？」

「フリーランスで、いろんな店で働いてる」

「フリーランス……」

何だかよくわからないが、最近よくある仕事の形態だろうか。俺が首をかしげると、

「フリーターってことね。八月からここの近くのローソンでバイトしてる。もうすぐ俺の最寄り駅に新店ができるし、そうしたらそっちに移るからそれまでの間ここから通うってこと」

青年はそう言うと、「おっさん、乾燥するし早く大福食べなよ」と笑った。口角が左右同じだけ上がって、目からも笑みがあふれる。何の思惑もないようなきれいな笑顔。あいつにそっくりだ。

＊

永原美月《みつき》と出会ったのは二十六年前。大学を出て二年目の秋だ。

学生最後の年に書いた小説で新人賞をもらった俺は、そのまま いくつか出版社から執筆の依頼を受けているうちに、文章を書くことが仕事となっていた。

小さいころから図書館の本を片端から読むほどの読書家で、中学・高校のころは一日数冊を読み切るようになっていた。本を読めば読むほど自分の中を掘り下げていけるようで、一つ文字を体に入れるごとに自分に深みが増していくように思えた。遊びや部活に夢中になっているクラスメイトから少し浮いてはいるのも薄々感じていたが、そんなことにかまっていられないほど読書に没頭していた。休み時間や家での時間。暇さえあれば飢えたように本を読んだ。

大学生になると時間はたくさんあり、好きなだけ本を読めた。すると、次第に読むだけでは飽き足らなくなった。もっと違った雰囲気の本が読みたい、もっと自分に近い登場人物がいたらいいのに。大学生で、平凡で、何もない生活を送っている主人公だったらどんなストーリーができあがるだろう。そんなことを考えだし、自然と文章を書き始めていた。頭や体にぎっしりと詰め込まれていたのだろうか、何の苦もなく言葉は出てきた。自分の根底にあるうすぼんやりした感情や、漠然と周りに立ちはだかる世界や未来に言葉を当てはめていくうちに、生きる答えのようなものに触れられる気がした。

大学四年生になった時、自分ながらおもしろい作品ができた。何度読み返しても飽きなかったし、人に見せても恥ずかしくないと思えるものだった。誰かの感想を聞いてみたい。そんな思いつきで、その時一番締め切り日が近かった文学賞に応募した。すると、それが大賞を受賞し、その後、出版社の人間が、新しい作品を書くようにと続けて俺のもとを訪れた。その依頼に応えているうちに、気づけば作家になっていた。

小説家を目指していたわけではないし、まさかなれるとも思っていなかった。しかし、作家は悪くない仕事だった。文章を記すことは、たいして趣味もない俺にとって唯一自分を満たしてくれるものだったし、楽しい作業だった。その書くことが仕事になったのだから、順風満帆と言っていいだろう。

そんな時、学生時代からの友人である曽村《そねむら》が会社の同僚と飲み会をするからと強引に誘ってきた。もともと人づきあいの多いほうではなかった俺は、小説を書くことを仕事にしてからはほとんど出歩くことはなかった。しかも、会ったことのない人間と飲み会だなんて気が重い。

「小説書くのはすばらしい仕事だとは思うよ。でも、どうすんのよ」

電話口で断ろうとする俺に、曽村は言った。

「どうするって？」

「そうやって家の中にばかりいたら誰とも出会わないだろう？　恋人も友達もできないぜ」

「そうだな」

「そうだなって、たまには家を出なくちゃ。アパートに一人でこもってたら、そのうち頭がおかしくなる」

「そうか」

「そうだそうだ。たまには人と話したり外に出たりしないとさ。今の生活が当たり前になったらやばいよ」

幼いころから活発ではなかったが、学校という枠組みに入っていた時には、人と話したり行動を共にしたりすることを強いられていた。だから、それなりに友達や恋人もできていた。それが、作家という仕事についてからは、人と共にいることをまったく強制されない。机の前に座ってキーボードさえ叩けば仕事はできる。出版社とのやり取りも電話やFAXで十分だった。ただ、誰とも会わないという生活が一ヶ月以上続くこともあって、ごくたまに社会生活と切り離されたような感覚に陥《おちい》ることはあった。こんなふうに、俺を引っ張ってくれるやつは曽村以外いない。「まあそうだな」とあいまいに返事をしている間に、飲み会に参加することとなっていた。

曽村が連れてきたのが永原美月だった。はっと目をひくきれいな女。大きなくっきりとした二重の目に、鼻筋の整った小さな鼻。きゅっととがった顎もチャーミングで、透けるようなきめの細やかな白い肌に長いまつ毛が際立っていた。その場にいたみんなが遠慮がちに、それでもしっかりと彼女の顔を見ているのは明らかだった。

けれども、飲み会が始まって十分も経たないうちに、長所は見た目だけの空っぽの女だということがわかった。高く耳障りな声は、テレビやはりものの話しかしない。自分のことをかわいいとわかっていてみんなに向ける視線に次第に嫌気がさし、まとまりのない彼女の会話にいらだちもしてきた。今二十一歳で、短大を出て不動産会社で働いていると話していたが、こんなばかな社会人がいるんだとぞっとした。

まるで好きなタイプではなかったし、興味もなかった。だけど、酔っぱらっているせいか、笑顔だけはかわいい、そう思った。

そして、その夜、酔った勢いで関係を持ってしまった。美月が「小説書いてる人の部屋って、見てみたい」と言いながら俺のアパートに来て、もう少しだけ飲もうとなって、そのままなんとなく。目が覚めると、二人とも「ああ、しまったな」という感じで言葉少なに身なりを整え、美月は「会社あるし、じゃあ」とそそくさと出て行った。

それまで俺は好きでもない相手とセックスをしたことなどなかったし、恋人も大学一年生の時以来いない。酔っていたとはいえ、一度会っただけの見た目だけの女とこういうことになるなんてと、しばらくは後悔したが、一ヶ月も後にはその夜のことも永原美月のことも忘れていた。

ところが、三ヶ月ほどしたころだろうか。美月に、「妊娠した」と聞かされた。

俺の家までやってきた美月は、けろりとした顔で、「とりあえず、私は産むわ」と告げた。

純粋でまじめだった俺は、妊娠させてしまったことにおびえ、自分に子どもができるということに頭が混乱した。

結婚しなきゃいけない。まったく好きでもない女と。人生終わったも同然だと絶望的な気持ちになったが、美月は、俺が言葉を発する前に、

「私も同じこと考えてるよ」

と言った。

それから、何度か二人で話す機会を持った。美月は産みたいという意志が変わらないことと、俺の子だという事実はまぎれもないことを訴え、俺も自分の子どもが生まれるということは納得できた。ただ、話せば話すほど、俺たちが合わないのは明確だった。直感で動くおおざっぱな美月と慎重な俺とは、考え方も将来の展望もまるでちがった。そして、共にいる時間が重なるごとに、お互いに相手を疎ましく思う気持ちも増える一方だった。子どもは美月が産んで育て、俺は養育費を送る。それが俺たちの最終結論だった。

二人で下した決断だ。それなのに、俺は周りからひどい男のように言われた。もともと友達は少なかったが、曽村にも非難され、どことなく居心地が悪くなった俺は、住んでいたアパートを引き払って、隣の市へと引っ越した。

養育費と言われても相場がわからず、母親一人で育てていくのはたいへんなことだと言う美月の主張どおり、毎月十万円を欠かさず振り込んだ。そして、振り込んだ二、三日後に、「十万円受け取りました」とだけ書かれたメモと、子どもの写真が送られてきた。

＊

「ってことで、決まりだな。おっさん、よろしくね。まあ、食事や洗濯は勝手にするし、ただ寝る場所貸してくれりゃいいんだから、そんな気にしないで」

ぼんやり思いを巡らせている間に、青年は大福を食べ終えたようで、台所へ皿を運びながらそう言った。

「決まりだなって、勝手に進められても困る」

「困るって何が？　特におっさんには迷惑かからないと思うんだけど」

「迷惑どうこうではなくて……」

「ねえ、おっさん。ほったらかしにしてた実の息子が住む場所を貸してって言ってるんだよ。それを追い払おうっていうの？　あまりに残酷じゃない？　俺、かわいそうすぎるんじゃないかな」

青年が言うのに、「君、どれだけ勝手で要領がいいんだ」とつぶやきそうになって俺は言葉を飲み込んだ。

テンポのいい軽口に流してしまっていたが、目の前に現れた青年は、まぎれもなく俺の子どもなのだ。一度の関係でできてしまっただけだと言い訳し、関わろうとしてこなかった我が子だ。彼の愛想や要領のよさ。それに嫌悪感を覚えそうになっていた。でも、どうだろう。きっと、そうでなければ生きていけない環境だったのではないだろうか。

母親一人に育てられ、実の父親には会うことすらない。大人に愛想よくふるまい、要領よく立ち回らないといけないような暮らしぶりだったのではないだろうか——。

どこからか聞こえるモノローグに目を閉じうなずきかけた俺に、

「おっさん、違うから。俺の愛想と要領のよさは生まれ持った性格。お母さんもバリバリ働いているし、おっさんが送ってくれた養育費でわりといい暮らししてたよ」

と、青年が笑った。

「ああ……。って、おい、君。勝手に俺の考えを言葉にしないでくれ」

あまりにもぴたりとしていて、自分の心の声だと勘違いしそうになっていたつぶやきは、彼が発したものだった。

「おっさんの考えてることって、七割がたそんなもんだろう？　ま、使えそうな部屋、探してくるね。おっさんは大福でも食べてて」

青年はそう言い残すと、ダイニングから出て行った。

2

「林檎《りんご》は言った。赤くなったらおしまいだ。もう去る時が来たのだと。……おっさん、この小説の結末、意味が不明なんだけど」

翌朝。ダイニングに行くと、青年はパンをかじりながら俺の本を読んでいた。

夢ではなかったんだ。俺の息子である人物がやってきたのは。あまりに突拍子もなさすぎて現実だと認識できなかったのか、放っておいた息子に自分から踏み込むことができず知らない間に避けていたのか、昨日は大福を食べた後、二階に姿を消した青年を確かめることもなく、そのまま夜中の三時まで仕事をし、寝てしまっていた。衝撃的なことが起きた時、人は普段どおりの日常を送ろうとするというのは本当のようだ。

築四十年は超える一軒家。住んでもう二十年になる。美月に妊娠を告げられ、この町に引っ越してしばらくはアパートで暮らしていたが、三十歳になった時にここに住むことを決めた。新たに人と出会うことはほとんどない。この先、家族形態や暮らしが変わることはないだろう。そのころには、十冊以上著書が出ていて、お金は十分貯まっていたから、一括で購入した。

この地域は比較的大きな家が並び、ひっそりと静かで落ち着いている。一人暮らしには広すぎる家だが、何より町の雰囲気が気に入った。ただ、家自体は昔の間取りで部屋数が多く、使っていないどころか引っ越した時以来足を踏み入れていない部屋もいくつかある。二階には五つ部屋があるから、青年はそのどこかで寝たのだろう。広い家だと、誰かが勝手に暮らしていても気づかないものだなと妙なことに感心した。

「林檎が熟して出荷されるってこと？　はい。おっさん、飲むだろう」

青年はコーヒーを淹れるとテーブルに置いた。

「ああ、それ……。それは人生を描いた小説なんだ。林檎というのは人間の本来の姿というか」

「林檎が人間の本来の姿？　ちょっと、疲れてるんじゃない？　おっさん大丈夫？」

青年は顔をしかめた上に肩をすくめて見せた。斬新であり人間の根底にあるものを表現した小説だといくつかの賛辞を贈られた作品だ。どうやら、彼は読解力に乏しいようだ。

「君には少し難しかったかな。……って、なんだ、このコーヒー」

俺は青年が淹れたコーヒーを口にして驚いた。香り高く濃厚で、柔らかいミルクの奥に漂う深み。素人が淹れたものとは思えない。

「なんだこれって、林檎の次は、コーヒーに人間の本来の姿でも見えた？」

「いや、うますぎないか？」

青年は「うますぎる？」と目を丸くした。

「ああ。重厚な味がする。どこの豆を使ったんだ？　君はバリスタなのか？」

「バリスタじゃなくて俺はフリーター。これ、ネスカフェ ゴールドブレンド。おっさんの家に置いてあったやつ。おっさん、普段どうやってコーヒー淹れてるの？」

「どうって、コーヒーの粉をカップに入れてお湯を注いで、最後に牛乳を入れている」

二十年以上毎朝コーヒーを飲んでいる。こんな単純な作業に間違いがあるのだろうか。

「わかった。おっさん、牛乳を温めて入れてみなよ。レンジでいいから。そうするとほっこりする味になるよ。おっさんと俺のコーヒーの淹れ方の違いはそこだけだな」

「それだけなのか？」

それだけでコーヒーはこうも味を変えるのだろうか。

「そう。あとは人に淹れてもらったからじゃない？ 自分のために淹れるコーヒーより人のために淹れるコーヒーのほうが絶対的においしいわけだからさ」

「そうなのか」

「そうそう。俺、もう少ししたらこの辺散歩して、そのままバイト行くわ。帰りは夜だし、おっさんは気にせず林檎の出荷作業したりコーヒーの淹れ方を研究したりしといて」

青年は「そいじゃ。いってきます」と軽く手を上げると部屋を出て行った。

「あ、ああ」

人との距離の詰め方に、あの軽さ。俺にはまったくないものだ。そのせいか、実際に青年を目の前にして話をしていても、息子だというつながりを感じることはまるでできなかった。

でも、永原智は確かに俺の息子だ。「十万円受け取りました」とだけ書かれた紙切れと共に、毎月一枚送られてくる写真。生まれてすぐの智は俺にそっくりで、俺の子ども時代の写真を見ているように思えるくらいだった。それが、目鼻立ちがはっきりとしてくるにしたがって、美月寄りの顔になり、小学校に入るころには、なで肩と、左頬に並ぶ二つのほくろぐらいしか俺との共通点はなくなっていた。

俺は本棚から年月順に写真を入れたファイルを取り出した。眺めて感傷にふけるわけではないが、まさか息子の写真を捨てるわけにもいかず、とりあえずファイルにしまってある。

別々に生きることを決めたとはいえ、子どもが無事に生まれたと知らされた時は、ほっとしたものだ。生後三年くらいは、育っていく姿に単純に感動を覚え、写真を何度も眺めた。寝転がっていたのが座り、立ち上がり、歩く。次は何ができるようになっているのだろうと、写真が送られてくるのを心待ちにしていた。だけど、子どもの成長自体が緩やかになってきたせいなのか、智が五歳を過ぎるころには写真を見てもたいした感慨を抱かなくなってきた。

「中途半端に会うのは子どもにいい影響を与えない。一生を共にする覚悟がないのなら決して姿を現すべきじゃない」と美月に釘を刺されていたのもあるが、実の子どもがすぐ隣の市で暮らしているというのに、会いに行くという行動にいたることはなかった。会ってみたいという気持ちは日に日に薄れ、お金を送り写真を受け取るだけの流れに完全に頭も心も慣れ切っていた。そのうち、子どもの成長に喜びを感じることで、かろうじて親としての役割を果たそうとしていた、そのわずかな義務感すらもなくし、いつしか写真は、養育費の受け取りと子どもが元気であることを確認するだけのものとなった。

最後に送られてきた写真には、「二十歳になりましたのでもうお金は要りません」とメッセージが添えられていた。この写真から五年と四ヶ月。目の前に現れた智は、ほんの少し痩せて顔も引き締まったように感じる。フリーターだとはいえ、社会に出るのは厳しいのだろう。

二百四十一枚の写真に効用があるとすれば、突然現れた青年を見て自分の息子だと認識できることだろうか。一度でも、智の動いている姿を見ていれば、この手で智に触れていれば、今、俺の心はもう少し動いていただろうか。二百四十一枚の写真が収納されたファイルはどしんと重い。

俺はファイルを片付けて、書斎へと向かった。今月書くべき原稿はまだ半分も書けていなかった。

3

夜八時。ダイニングに入ると、食卓に青年がいた。

「おっさん、食べる？」

「これ、バイト先の残り物。消費期限は切れてるけど、おいしいよ」

「いや、いい。夜はあまり食べないから」

「ふうん。おっさん、普段何食べてるの？」

青年は飲み物を淹れるのだろう。台所に向かいながら言った。

「適当なものを食べてる」

「適当なものって何だよ」

「インスタント物とか、カロリーメイトとかかな」

週に一度外に出て、簡単に食べられそうな物をいくつか買う。もともと食にこだわりがないうえに、家で座ってパソコンのキーボードを打っているだけだから、そうそうお腹もすかない。

「バランスよく食べなくても病気にならないもんなんだな」

「サプリを飲んでるからな」

「サプリねえ。あ、なるほど。それでか」

青年は俺の席にもお茶を置くと、一人でうなずいた。

「何がだ」

「ちょっと前に読んだおっさんの小説だよ。路頭に迷った青年が北陸を訪れて、そこでまたもや絶望して海のもずくに変身するっていう奇天烈《きてれつ》なファンタジー」

「ファンタジーではなく、あれは生きる上で切り離せない苦悩を描いた純文学だ。しかも青年が姿を変えるのは、もずくじゃなくてもくずだ」

青年には国語力が一切ない。俺は食卓に着きながら指摘した。

「ふうん。俺、苦悩したからって海藻になりたがるやつなんて一人も知らないけど。ま、そこのリアリティのなさはおいといて、青年が北陸で魚食べるシーンあっただろう？」

「ああ、かもな」

十年近く前に書いた小説だ。細かい場面までは覚えていないから、俺はあいまいにうなずいた。

「そのもずく青年、漁港の市場で鯵《あじ》の刺身を食べて『獲れたてだけあって身がふんわりとしておいしいですね』って言うんだぜ」

「それの何が悪いんだ？」

「日本海側の魚のよさは身の締まりだろう。太平洋側で暮らしていた青年なら、まず身の弾力に驚くよ。しかも鰺の刺身がふんわりって腐りかけじゃない？　おっさん、サブリばっか食ってるから味がわからないんだ」

「小説はフィクションだ」

「へえ。そういう部分は適当でいいんだ。あ、千二百円立て替えといたから、またでいいけど、返してね」

青年はコンビニのおにぎりを食べ終わると、そう言った。

「千二百円？」

「そ、後期分だって。払っておいたから」

「何の後期分だ？」

光熱費は銀行から引き落としで払っているし、お金がかかることなど何もしていない。

「自治会費だよ。朝、散歩してたら、裏の高木《たかぎ》さんと会って、おっさん、自治会入ってないって聞いたから、慌てて原田《はらだ》会長の家まで挨拶行って加入しといたよ。もう十月だから後期分だけでいいってさ」

「は？」

高木さんに原田会長。聞いたことがない名前が並んで、まるで意味がわからず俺はただ首をかしげた。

「だから、この三丁目の自治会の会費」

「はあ」

「おっさん、回覧板回ってこないだろう？」

「回覧板……」

「そう。地域の活動とか載ってるやつ。おっさん、自治会に入るの忘れてるからだよ」

「忘れてるんじゃない。入りたくないだけだ」

五十年近く前に開拓されたというこの地域は古く、バスを乗り継がないと駅に出られない不便さはあるが、その分土地が大きく一軒一軒がゆったりと建てられていて近所のことも気にならない。人に会うことはめったになく、面倒な近所づきあいと無縁でいられる。それに惹《ひ》かれここに住むことにしたのだ。それなのに、自治会だ回覧板だとなったら意味がない。

「入りたくないって？」

青年は眉をひそめて見せた。

「回覧板など必要ないし、地域の活動に興味もない」

「おっさん、危機回避能力ゼロだな」

青年はおおげさなため息をついた。

「危機回避能力？　自治会と何の関係があるんだ」

「おっさん、地震や災害が起きたらどうすんの？」

「避難場所は知っている。小学校の体育館だ」

「で、体育館に行って、おっさんはどこに座るの？　万が一、怪我したらどうやって体育館まで行く？　食べ物は？　トイレは？」

「そんなのは国が……、少なくとも県が助けてくれる」

俺の言葉に青年は身震いをするふりをした。

「家の中でパソコンばかり打ってたら本当やばいんだな。緊急時にこんな田舎まで国や県の手がすぐに回るわけないだろう？　何丁目の誰が今どんな状況かだなんて、把握できるわけないいじゃん」

「まあ、そうだな」

「何かが起こったら、まずは自治会単位で行動するのが主流だよ。防災用品だって自治会の備品倉庫にあるはずだ。体育館に逃げた後も自治会の指示に従って動くんだよ。おっさん、三丁目からも見捨てられたら、誰にも知られずこの家で藻屑《もくず》になるよ」

次々と出てくる説得力のある青年の言葉にうなずきそうになった俺は、

「でも、起こるかどうかわからない万が一のためにわざわざ入ることないだろう」

と、なんとか反論した。

「入ったって損はないだろう？　もしかして、千二百円惜しかった？」

「そうじゃないけど」

「だったら何？」

自治会に入ったことに納得しない俺に、青年は呆《あき》れた目を向けた。

「何ってことはないけど、でも、やはり……」

「そうだ。やっぱりおかしいだろう。五十歳にもなる男が一人暮らしで、平日の昼間から家にいる。何をやっている人間だといぶかしがられるに決まっている。人目なんてどうでもいい。自分は自分だ。そう思ってはいる。けれども、ご近所の好奇の目にさらされると思うと、息をひそめて暮らすほうが……」

「おい、君。ちょくちょく、俺のモノローグを勝手に発表するのやめてくれないか？」

青年が言うのに、俺は声を荒らげた。

「どうせそんなとこだろう？　って、おっさん、小説書いてるって、周りに堂々と言えばいいじゃん」

「聞かれもしないのに、職業を告白するなんて変だろう。それに、みんなに知られているほど有名なわけでもないのに、小説家だなどと言ったらますます怪しまれる」

「そもそもみんなに知られてる小説家なんて夏目漱石《なつめそうせき》と紫式部《むらさきしきぶ》ぐらいだって。あ、おっさんもお札に顔印刷してもらったら、市民権得られるんじゃない？　日本銀行に電話してみたら？」

「いいんだ。今の暮らしに何も困ってないんだから」

自治会に入っていなくとも、一度も不具合を感じたことはない。俺がそう言うと、

「あっそう。まあ、今年度分は会費払っちゃったし、三月までは自治会員でいいじゃん。じゃあ、俺、働き詰めだったし寝るわ」

青年は「やれやれ」とつぶやきながら部屋を出て行った。

自治会に入るだなんて今まで考えたこともなかった。引っ越してきた時に当時の会長に自治会の説明を受けたけれどそれだけで、その後は入会を勧められたことはない。隣の家の人ですら、二ヶ月に一度、家の前ですれ違えばいいところだ。それなのに、突然回覧板を隣に届けなくてはいけないなんて、想像するだけで、ぞっとした。

4

右手に神が降りてきた。などという話を聞くが、何かが乗り移るように文章が運ぶことはない。無我夢中で書いていて驚くほどの時間が経《た》っていたということもなければ、登場人物たちが勝手に動きだすこともない。パソコンの前に座って、頭を整理しながら少しずつ言葉を打っていく。俺にとって小説を書くのは意外と現実的な作業だ。それでも、少しずつ話が広がっていくこの時間が好きだった。主人公をどこに行かせようか、どんな人物と出会わせようか、などと思いを巡らせると、むさぼるように図書館の本を手に取ってはわくわくしながら読んでいた幼いころの感覚がよみがえってくる。

まあ、今書いているのは、友人と会社を立ち上げたものの、その友人に会社の金を持ち逃げされ倒産を余儀なくされた男の話だから、わくわくするのは少し違うかもしれないが。

友人に裏切られた次は、孤独感を煽《あお》るために、親にも頼れない状況を持ってくるとしよう。俺は昨日まで進めた文章を読み返した後、キーボードに指を置いた。二十七歳の主人公・亨介《りょうすけ》は久しぶりに故郷へと戻る。しかし、実家はすでに引っ越していて、自分の居場所がないことに気づく。

そこまで書いて俺は首をひねった。どうだろう。親は引っ越しをするとなったら、普通は息子に告げるだろうか。成人した子どもだ。切り離して生活をしているものだろうか。あまりリアリティがないのもいけないと、自分の親を思い浮かべてみる。

俺は大学進学と同時に家を出た。学生時代には、正月と盆には家に帰っていたが、卒業後はそれすらもなくなった。俺が就職せず小説家になったことに、役所勤めで昔気質《むかしかたぎ》の両親は納得していなかったし、俺のほうもどこかで美月を妊娠させたことが耳に入っているかもしれないと思うと、ますます会いづらくなった。二十代のころは、母親から「元気なのか。たまには帰ってきなさい」とたびたび電話やはがきが来ていたが、俺が三十になるころには、それもなくなった。親も年を取って俺のことなどかまっていられなくなったのだろう。俺にはすでに愛想をつかしているはずだ。

俺の家は変わったケースかもしれないな。普通の親はどうだろう。子を持たないと、親の気持ちなどわからないものだと考えて、はっとした。そう言えば、俺には息子がいた。

一応、俺は二十五年もの間、父親ではあるのだ。自分の自覚のなさに驚いてしまうが、いくら血がつながっていても、会わずにいたら、自分が親だという感覚も持ちようがない。先週の水曜日に、初めて生身の息子を見た。だけど、猫が迷い込んできたかのようで、我が子に対する情のようなものはわいてはいない。

青年のほうも住むのに便利だからとここにいるだけのようで、ことさら俺との距離を縮めようとすることはなかった。現に、昨日一昨日と、姿も見ていない。生活リズムが違うと、同じ家に住んでいても出くわさないようだ。

案外、親子の関係なんて希薄なものだ。主人公の親が勝手に引っ越していても、違和感はないだろう。それでいいかと文章の続きを打っていると、ノックが聞こえ、

「死んでない？」

と青年がドアを開けて入ってきた。

「いや……」

死んでない。なんという質問だろうと俺が顔をしかめている横で、青年は部屋を見回しながら、

「これがおっさんの部屋か。作家だって言うから辞書と本がぎっしりかと思ったら、すっきりしてるんだね」

と言った。

「まあな。って何の用だ？」

そもそも家に人が来ること自体ないが、他人に書斎に踏み込まれるのは初めてで、俺は少々身構えた。特に見られて困るものはないが、仕事場を目にされるのはどこか恥ずかしい。

「何の用って、火曜日におっさんの姿をダイニングで確認して以来、二日間も消息を絶ってるからさ。安否確認しに来たんだ」

「何度かダイニングにも行ったけど、出くわさなかっただけだ」

「ま、元気そうだね。おっさんって、食事の時以外はここにいるの？　息苦しくない？　ちょっとは換気しなよ」

青年は勝手に部屋の奥まで進むと、窓を開けた。午後五時を過ぎ、赤みを帯びた日差しと冷やされた軽い風が部屋に入り込んでくる。

せっかく進んでいた文章もここまでだ。こんな中断が入ったのではもう仕事に戻れそうにない。俺はパソコンを閉じると、椅子から立ち上がって伸びをした。書斎は二十畳ある。家具は広めの仕事机と本棚とソファと小さなテーブルだけで、この部屋に息苦しさを感じたことはない。

「噂《うわさ》には聞いたことあるけど、作家って本当に椅子に座って、ただパソコン打ってるだけなんだね」

「これが仕事なんだ」

「会社行ったりしないの？」

「いや。どこかに所属してるわけじゃないから」

パソコンで小説を書き、メールで出版社に送る。できたゲラを郵送でやり取りして、本になる。家から一歩も出ずに、仕事は成り立つ。

「俺ですらローソンに所属してるのに。あ、そうだ。からあげクン食べる？　バイト上がりに買ってきたんだ。まだ温かくておいしいよ」

青年はソファ前の小さなテーブルに、包みを置いた。鶏の顔がデザインされたパッケージは湿気のせいか少しよれている。

「君は関西に住んでいたの？」

昼前にコーヒーを飲んだきりでお腹がすいていた俺は、揚げ物の香ばしいにおいにテーブルのほうへ体を向けながら聞いた。

「何度か旅行で大阪と京都には行ったことあるけど。どうして？」

「関西の人は豆に〝さん〟をつけたり、飴《あめ》に〝ちゃん〟をつけたり、食べ物に敬称をつけて呼ぶと聞いたことがあるからさ」

「それで？」

青年は不思議そうな顔をした。

「それでって、さっき、君、唐揚げに〝くん〟をつけてたから、関西の呼び方なのかなと」

「くん?」

「さっき、唐揚げくん食べるかって言わなかったか?」

聞き間違えだったのだろうかと俺が首をかしげるのに、

「おっさん、本気かよ」

と、青年は頭を抱えた。

「これはからあげクンっていう食べ物なの。クンも含めて商品名。ほら、食べてみ」

青年は呆れ顔で包みを開くと、唐揚げにつまようじを刺して俺に差し出した。

勧められるがまま、小ぶりのチキンナゲットのような物体を口に入れる。表面はカリッとしていて身はやわらかく、油もしつこくない。ちょうどいいスパイシーさが後を引く味だ。

「うまいな」

「だろう。これがからあげクン。もはやポッキーやハッピーターンやスタバラテと同じくらい知名度があると思うけど」

「そうなんだ。ポッキーは食べたことあるけど、スタバのラテは飲んだことないな。あ、もちろんスターバックスは知ってるけどな」

俺は答えながら、からあげクンをもう一つ口に入れた。唐揚げよりも軽くて、スナック菓子よりも食べ応えがある。昔ながらの親しみ深い味のようで控えめなパンチがある。しかも、小ぶりでいくつでも食べられる。味わいながらほおばっていると、

「おっさん、どうして一人で全部食べるの？　普通は分け合って食べるんだよ」

と、青年がぎょっとした声を上げた。

「あ、ああ。あれ？　そっか」

からあげクンは小さいくせにたった五つしか入っていないようで、パッケージの中はあっけなく空っぽになっていた。

「いや、あまりにうまくて……」

俺が正直に言うと、青年は、

「おっさん、タイムスリップで江戸時代から来たとかじゃないよな。そういや、加賀野《かがの》正吉《まさきち》って名前、古めかしいもんな」

と笑った。

「まさか。そんなわけはないけど、コンビニにはあまり行かないから」

「おっさん、外、出てる?」

「ああ。週に一度程度は」

家で仕事をしているとはいえ、買い物や散髪、市役所や郵便局。外に出る機会はあるにはある。

「案外出てるんだ。人とは話す?」

「支払いはカードでとか着払いでとか、言うかな」

「それ、会話じゃないから」

青年の指摘どおり、会話と呼べるようなものはずいぶんしていない。ここで暮らし始めたころは、これでいいのだろうかとも思った。周りと切り離された暮らしや人とつながらない生活。でも、そんな日々が何年も続くうちに、何も困らないことに気づいた。家にこもっていてもおかしくなっていないし、人と話さなくても寂しくも苦しくもない。体にも精神にも支障はきたしていない。そのうち、話すのも外に出るのも単純におっくうになっていた。

「人と話さなくても小説書けるってすごいな。っていうか、でたらめばかり書いてるんじゃないだろうな」

青年は「飲む?」とビニール袋からペットボトルのお茶を出しながら言った。

「本やネットで世の中の様子はわかるから、それで大丈夫だ」

「からあげクンも知らなかったのによく言うよ。おっさん、もっと外に出ないと。百冊の本を読むより、一分、人と接するほうが十倍の利益があるって、かの笹野《ささの》幾太郎《いくたろう》氏も言ってるだろう」

笹野幾太郎。小説家だろうか。評論家かどこかの教授だろうか。名前からして立派な人物でありそうだ。青年が知っていて、俺が知らないのは癪《しゃく》に障るが、聞き返した。

「笹野幾太郎って誰だったかな」

「笹野さん、知らないの？」

「ああ。ちょっとど忘れしたようだ」

「俺が働いてるローソンの店長だよ。マニュアル読んでる間に客の対応しろ。そのほうが十倍いいっていつも言ってる」

そういうことか。俺が拍子抜けしていると、

「さあ、行くよ」

と、青年が立ち上がった。

「どこへだ？」

「スタバだよ。おっさん、スタバのラテ飲んだことないんだろう？　行こう」

*

青年に強引に引っ張られ、バスを乗り継ぎやってきた駅前のスターバックス。暗めの落ち着いた照明にすっきりと整ったフロア。六時前の店内は八割がた席が埋まっていて、注文をするカウンターにも数名並んでいた。コーヒーは好きだし、ここにスターバックスがあることも知っていた。だけど、店に入ったことはなかった。

カウンターで注文するというこのシステムにまず怖気《おじけ》づいてしまう。席に座っていれば店員が注文を取ってくれ商品を運んでくれる喫茶店とは違い、自分から動かないといけないうえに、後ろに並ばれていては自分のペースで注文ができない。商品名もややこしいし、細かい注文の仕方も不明だ。しかし、ここまで来たからにはやるしかない。俺が自分の順番が来るのをどきどきしながら待ち、速やかに済ませなくてはとメニューを確認していると、

「トールのラテ二つ。アイスでいいよね?」

と、前に並ぶ青年が俺の分まで注文してくれた。

「ああ、そうだな」

おろおろとしている間に、コーヒーを手にした青年に「こっちこっち」と言われ、無

事に席までたどりついた。

「はあ……。なんだかこういう店は神経使うなあ」

俺がほっと席に着くのに、

「大丈夫」

と、青年が微笑んだ。

「スタバでスマートにオーダーする俺ってかっこいいと思ってるやつもいるけど、こういうハイセンスふうな場所にどぎまぎする人も多いから」

「そうなのか」

「そうそう。おっさんだけじゃない」

「ならいいか」

俺は自分で注文したわけでもないのに、一仕事終えたような気がして、ゆっくりとコーヒーを口にした。初めての店で焦った体が、アイスコーヒーで冷やされていく。

「おいしい？」

「あ、ああ」

青年に聞かれてうなずく。俺はグルメではないから、ゴールドブレンドとの違いはわからないが、どこか香ばしい優しい深みがあるようには感じる。

「スタバラテちゃんにからあげクンに。今日、おっさん、新しいものばっかり立て続けに飲み食いしたから、胃が驚いてないといいけど」

青年はそう笑うと、窓の外に目をやった。

窓の向こうには、駅から流れていく人たちが見える。引きこもっているわけではないし、二、三ヶ月に一度は出版社との打ち合わせで、電車で遠方に出ることもある。けれど、家の中で過ごすことに慣れているからか、用を済ますとまっすぐに帰宅する。用事もないのに、こんなふうに外にいることはまずない。夕方の駅はこんなにも人でごった返しているんだな。文章や映像で知っているありきたりな風景も、実際に見てみるとおもしろい。参考書らしきものを読みながらも誰ともぶつからない男子高校生、何がそんなにおもしろいのか手を叩きながら笑っている女子高生のグループ。驚くほどたくさんの袋を抱えて急ぐおばさん。塾にでも行くのだろうか、リュックを背負った小学生らしき子どもが歩くのも見える。

「みんな忙しそうだな」

そうつぶやいて視線を戻すと、青年はまだ外を眺めていた。

スターバックスのテーブルは小さく、すぐ前に青年の顔がある。こんなに近い距離で誰かと向き合うのは何年ぶりだろう。出版社との打ち合わせ以外に、人といることがまずない。こういう時は、何か話したほうがいいのだろうか。そうだとしたら、何の話をすべきだろう。天気の話か最近のニュース？　いや、目の前に座るのは息子だからそれはおかしいか。近況を聞くのが親子の会話だろうか。しかし、青年は息子とはいえ、初対面に等しい。最近どころか、今までの様子を何一つ知らない。

「えっと、その、君は、どう過ごしてきたんだ？」

俺がなんとか会話を始めようとすると、青年は目を丸くした。

「どう過ごしてきたって？」

「ああ、まあ、そうだな。どうしてフリーターに？」

月に一度送られてくるのは、写真と「十万円受け取りました」の文章だけで、子どもの様子は書かれていなかった。制服を着ている写真で、中学生になったとか、高校生になったなどということだけはなんとなくわかったが、どういう性格で何が好きで何に夢中なのかもわからなければ、高校卒業後、進学したのか就職したのか、何を目指していたのかも知るすべはなかった。

「俺の生い立ち聞いちゃう？」

「いや、生い立ちというか」

「もし、俺がすごく不幸だったらどうする？　おっさん、いたたまれないと思うよ」

青年はそう言って肩をすくめた。

今まで、自分の息子がどんな暮らしをしているのか考えたことがないわけではない。でも、それは頭をよぎる程度で、深く掘り下げようとしたことはなかった。写真の息子は元気そうなのだから無事なのだろうと、それで済ませていた。けれど、二十二歳で出産し、美月一人で育ててきたとしたら、大きな苦労があってもおかしくない。そんな想像にたやすいことすら、本格的には目を向けずにいた。

「おっさんは?」

「え?」

「おっさんの生い立ちは? 俺、おっさんが不幸でも痛くもかゆくもないから教えてよ」

考え込んでいる俺に、青年が聞いた。

「俺は普通だ」

「普通って、いつから引きこもりになったの?」

「引きこもってるわけじゃない。これは仕事だ」

「じゃあ、友達とか親は? 会ったり連絡取ったりしてるの?」

「友達はあまりいないし、親とも二十年以上連絡は取っていない」

俺が正直に言うと、

「親とも子どもとも会わないなんて、徹底してるんだね」
と非難するでもなく青年はさらりとそう言った。
息子と会わないと決めたのは俺ではないし、親とは次第に疎遠になってしまっている
だけで、そこに意志はない。だけど、青年に言われてみれば、最もつながりがあるはず
の人物と遠ざかっていることになる。
「そうだ！　これから月に一度写真撮ってあげるから、実家に送ったら？　俺がしてた
みたいにさ」
青年が名案を思いついたように手を叩いた。
「まさか。俺はもう五十歳だ。そんな中年の写真が毎月送られてきたら怖いだろう。そ
れに、もう大人なんだから、一ヶ月経とうが三年経とうが何の変化もなくて、写真に面
白みもない」
「そっか。じいちゃんたち喜びそうだけど、我が子の老けていく過程を見るのは不愉快
かもな」
「じいちゃんたち？」
あまりに親しげな青年の言い草に聞き返すと、
「父親の両親ってじいちゃんとばあちゃんじゃないの？」

と、青年が言った。会ったこともない人物をそんなふうに気安く呼べるのは、この青年の才能かもしれない。容姿にはかすかに俺の遺伝子がありそうな気もするが、性格はかけ離れている。つながっているのが血だけでは、何の影響も与えられないようだ。

「まあ、そうだな」

とうなずきながら、カウンターのほうから聞こえる甲高い声に顔を向けると、スカートを短くした茶色い髪の女子高生が立っているのが見えた。高校生のくせに化粧が濃いのがここからでもわかる。

「最近の子は声がでかいんだな」

女子高生は耳障りな大きな声で、マイペースにゆっくりと注文をしている。後ろに人が並んでいるのを、なんとも思っていないのだろう。

「えっと、飲み物はカフェモカね。サイズは普通だからー、トールってことでー」

だらしない語尾に俺は眉をひそめた。

「ああ、あれ、後ろのばあさん、おどおどしてるからだろう」

青年もカウンターに目をやるとそう言った。

「でかい声でおばあさんを驚かそうとしてるのか。最近の子は本当にどうしようもないな」

俺の言葉に青年は「うそだろう」と眉を寄せて笑った。

「きっと、あのばあさん、うっかりスタバに入っちゃったものの、この雰囲気にどうやって注文するのか戸惑ってるんだよ。だから、こういう感じで注文すんだよってわかりやすく示してるんじゃない」

「は？」

「は？って。だから、ああやって大きい声でゆっくり注文すれば、ばあさんもなんとなくオーダーのやり方がわかるだろう？」

あのとんでもない女子高生が、そんなに周りを観察して気配りをするのだろうか。納得できずにいる俺に、

「普通だよ。後ろに戸惑ってる人がいたらそれぐらい誰でもやる」

と、青年が言った。

「そうなのか？」

「本気かよー。おっさん、引きこもって路頭に迷った若者の話ばっかり書いてるうちに、こんな当たり前のこともわからなくなってるなんてやばいよ」

青年はげらげら笑って、コーヒーを飲んだ。

彼の言うように、俺がおかしいのだろうか。いや、青年のこの楽観的で前向きな考え

方も珍しいはずだ。母親一人に育てられたのに、苦労とは無縁で生きてきたのだろうか。この青年は、どういう人生を送ってきたのだろう。初めて息子にほんの少し興味がわいた。

5

十月も後半に差し掛かった二十日。締め切りまでまだ日があるのに、六十枚の原稿ができあがった。昼過ぎの日差しはきっぱりときれいで、ソファやテーブルに影を作っている。気持ちのいい日だ。メールで出版社に原稿を送ると、俺は大きく伸びをした。さて。何をしようか。ここ何年かは昔ほど仕事を詰めては入れておらず、抱えているのは連載一本だけだ。すでに三十冊近く本になっているから、印税だけで十分生活はできた。

読みかけの本を読むか。いや、目を休めたい。ひと眠りするにしても高揚感がある。先月はどうしていただろう。原稿を送った後の解放された時間。録り溜めていた映画を見たり、家を片付けたり、それなりにやることがあったはずだ。それなのに、今はぽかんと時間ができたようで、何をしたらいいのか思いつかない。

もしかしたらいるかもしれないと、ダイニングへ向かったが、智はバイトに出ているようで、家の中はしんと静まり返っていた。自分以外に人がいないと、家はこんなにもひっそりするものなのか。智は二階で勝手に生活しているだけで、何も変わらないと思っていたが、いつもいる人間の不在はそれなりに影響があるようだ。

「まあ、とりあえず何か食べるか」

俺は台所に向かうと冷蔵庫を開けた。中にあるのはチーズに卵にハム。作るとなると面倒だ。棚にはカップラーメンとポテトチップスとカロリーメイトがあるが、どれも惹かれない。お腹はすいているんだけどなと考えていると、あれを無性に食べたくなった。ほどよいスパイシーさと慣れ親しんだ安定感のある味。食欲をそそるお手軽な安っぽさ。前に食べたからあげクンの味と食感を思い出すと今すぐにでも食べたかった。智がバイト上がりに買ってきたと言っていたから、ローソンに行けば売っているはずだ。バス停前のローソンは、歩いて十分もかからない。けれども、時間は午後二時前。こんな平日の昼間に五十歳の男がうろついていて、怪しまれないだろうか。いや、大丈夫だ。こないだのスターバックスでも誰にも何も言われなかった。智が「周りを気にしてるのはおっさんだけだ」と笑っていたけど、そのとおり。誰も俺のことなど気に留めていないのだ。俺は簡単に身なりを整えて、財布をポケットに突っ込むと家を出た。

二時前の日差しは晴れやかで明るく、町全体がクリアに見える。うだるような夏のけだるさもなければ、閉ざされた冬に向かう前の寂しさもまだない。いい季節だ。温まった午後の軽い風も心地いい。

あまり見回したことがなかったが、庭の大きな家が建ち並ぶ三丁目は、様々な木々が見られる。昔からの家はぎっしりと木が植えられている庭が多いが、新しく建て直した家は細い木が数本植えられているだけのシンプルな庭が多い。どちらにしても、みんな手入れしているんだなと、塀の向こうを眺めては感心した。俺の家の庭は、購入してから一度も手を入れていない。低木がいくつか植わっているが、水やりさえしていない。それでも枯れずに育っているのだから、樹木の生命力には驚かされる。

住宅街を抜けて大通りを進めばバス停だ。そう言えば、「バス停前の枝元《えだもと》さん家《ち》の犬、すっごいかわいいんだぜ」と智が言っていたことを思い出し、枝元と表札がかかった家をのぞいてみると、ふてぶてしい犬が駐車場内の犬小屋前で寝転がっているのが見えた。

だらっとしている中型犬にかわいいという言葉は当てはまらない。智は読解力だけでなく表現力も乏しいようだと眺めていると、視線に気づいた犬がむっくと立ち上がり唐突に大きな声で吠え始めた。

なんなんだ。人懐っこさのかけらもないじゃないか。いや、俺が怪しげなのだろうか。

どちらにしても、これ以上吠えられたら、家の人が出てきてしまう。俺は足早にその場を立ち去った。

できて三年ほどしか経っていないローソンは小さな店ではあるが、まだきれいだ。一度郵便物を出す時に来ただけの店に少々緊張しながら足を踏み入れると、中に入るや否や、

「いらっしゃいませ。おお、おっさん」と智の声が聞こえた。

「どうしたの？　おっさんが家から出るなんて奇跡じゃん」

「いや、だから週に一度程度は出てると言ってるだろう」

ストライプの入った紺の制服を着ている智はいつもよりしゃきっとして見える。住宅街のコンビニのせいか、昼過ぎの店内には誰もいなかった。

「で、どうしたの？」

「あれを買おうと思って」

「あれ？」

「そう、その、なんだ、からあげクンというやつか」

改めて唐揚げに〝くん〟をつけてみると、こっぱずかしい。俺がぼそぼそと言うのを智は、「あれうまいもんな」と笑い、

「あ、そうだ。父親が来たからには店長に挨拶しといたほうがいいよな」

と言いだした。

「へ？」

ただ買い物に来ただけなのに挨拶ってなんだとうろたえている俺を無視して、智は奥に向かって「店長！」と声をかけた。小さいとはいえ、一つの店を任せられている人物だ。バイトや社員を束ねているリーダーなのだから、立派な人物にちがいない。挨拶をするならもう少しこぎれいにしてくるんだったと後悔していると、中からよろよろとおじいさんが出てきた。

「どうした？」

「たまたま父が来たんで、店長にもご挨拶をと思って」

智がそう言うのに、俺は深々と頭を下げた。

「ああ、そりゃそりゃ。店長の笹野です」

七十歳はゆうに過ぎているだろうか。頭の禿《は》げたおじいさんは飄々と軽く手を上げた。

「ああ、あの笹野幾太郎さんですね。どうもはじめまして」

「あのかそのか知りませんが、笹野幾太郎です。息子さん、よう働いてくれてますよ」

息子さん。智のことだ。で、どう答えればいいんだ？ ただ血がつながっているだけ

のくせに、「息子がお世話になっています」というのは空々しいだろうかと、俺が考えている横で、

「まだ会って二週間も経ってないから、父は息子という言葉にぴんとこないんですよ。あ、ちゃんと血のつながったれっきとした親子ですけどね」

と、智が言った。

会って二週間も経っていない親子。智は新生児ではなく、二十五歳だ。おかしな関係に驚いているんじゃないかと思いきや、笹野さんは、

「なるほど。道理で親し気な空気が漂ってないんだねえ」

と、俺と智を眺めてのんきに言った。

「いや、まあ、その……」

「親父《おやじ》さん、そんなばつの悪そうな顔せんでも、ようあることだ。うちの親父も女が好きでさ、外にたくさん愛人がいたから、あちこちに子どもがいるよ。親父自身、会ったこともない子どももいるんじゃないかな。本当、男ってどうしようもないから」

笹野さんが陽気に言うのに、俺は妙な親子関係だといぶかしがられずにほっとしたものの、愛人という言葉には反論せずにはいられなかった。

「いや、その、私は結婚もしていませんし、愛人とかいう関係ではありません。そもそ

も、私はけっして女好きではないですし……」

俺が言い訳するのに、智と笹野さんは顔を見合わせて笑った。

「おっさん、恋人でもない女の子とセックスして子どもができてほったらかしといて、まじめなふりするのはないよ」

智がそう言って笑い、

「その弁明を聞いても、わしの親父と智の親父さんに違いはなんら見いだせないけどなあ」

と、笹野さんも笑った。

「違いますよ。私の場合は女好きでこんなことになったわけではなく、ただの過ちというか……」

「おっさん、どうして純情ぶろうとするの。五十歳にしてちょっと不気味だよ」

と、智が身震いするまねをして、

「そうそう。もう、ここはゆきずりの女をはらませちまった、俺は罪深いばかな男なんだって言っちまったほうが気持ちいいよなあ」

と、笹野さんが言った。

「いや、でも……」

俺はそんなにひどいことをしでかしたのだろうか。美月は会ったばかりの好きでもない女だったのだから、ゆきずりの女だと言われてもしかたがないかもしれない。しかも、結婚もしていない相手を妊娠させてしまったのも事実ならば、子どもが生まれたのを知りながら会おうともせず、今まで過ごしてきたのも事実だ。俺は、罪深い人間なのだろうか。いや、そこまでではないはずだ。毎月きちんと養育費を振り込んでいたのだから、すべての責任を放棄していたわけではない。

「その、私は……」

「わかったわかった。親父さんは女好きではないんだな。けど、親父さんのどうしようもないところは、その想像力のなさだ。こりゃ、女にだらしないほうがよっぽどましだぜ」

笹野さんは、まだ弁解をしようとしていた俺の肩を叩いた。

想像力のなさ。どういうことだろう。作家である俺には致命的な指摘だ。しかし、笹野さんは俺の本を読んで言っているのではないだろうし、想像力を試されるような会話はしていない。どうして想像力がないなどと言われなくてはならないのだろうと、俺は聞き返した。

「想像力？」

「そ。いろいろイメージしてみなよ。過ちだどうだって言われちゃ、わしならぐれて禿げちまうよ。あ、わし、銀行に両替行ってくるわ」

笹野さんはそう言うと、店の奥へと戻っていった。

「はい、おっさん、からあげクン。間違って揚げたわけじゃなく、まじめに作ったからおいしいよ。あ、どんなふうに作ってもからあげクンはおいしいか」

智はからあげクンをレジ袋に入れて、考え込んでいる俺に渡した。

「あ、ああ」

「温かいうちに食べたほうがおいしいよ」

「そうだな。じゃあ」

「じゃあ。気をつけて」

お金を払い店を出て、これではまるで智の存在が過ちだと言っているようなものではないかと、そこで初めて俺は自分の無神経さにぞっとした。

第2章　今日は何を知る日

6

「さあ、行こう。今日は何を知る日になるだろう。そう思うと、ぼくは飛び起きずにはいられない。あ、おっさん。おはよ」

「おはよう……」

ダイニングに行くと、智がコーヒーを飲みながら、またもや俺の小説を読んでいた。

「俺の書いたものを声に出して読むのはやめてくれないか?」

「どうして?」

「どうしてって……」

作り物の話とはいえ、自分の内面を通って出てきた文章を改めて耳にするのは、恥ずかしい。

「恥ずかしいって、これ、普通に売ってるんだろう」

智は勝手に俺の心の中を読み取って笑うと、「でも、俺、この小説が一番好きだなあ」と本の表紙を見せた。

「『きみを知る日』か。それ、デビューしてすぐに書いたものだから、拙《つたな》いし、迫力にもリアリティにもかけるだろう」

『きみを知る日』は、学生時代に賞を取った作品が本になった後、最初に書いた小説だ。思いがけず仕事が舞い込んで、慌てて書いたせいもあり、練り直しも甘く設定もおおまかで、今思い返してもぞっとするほどへたな小説だ。自分では一度も読み返したことがない。

「そう？　誰も死なないし、主人公は希望に満ちあふれてるし、周りの人も愛を持っている。健全でいいと思うけど。『明日がもっとすばらしいことをきみはぼくに教えてくれた。今日はきっときみを知る日になる』。うーん、さわやかだね」

智はまた小説の一節を口にして笑った。

「やめてくれ。甘ったるい青い小説、いくら二十代だったとはいえ、自分でもよく書いたと思うよ。そんなおめでたい現実、あるわけがない」

「二十代のおっさんのほうが少なくとも今よりは見る目あると思うけど。まあ、この小説は俺のルーツみたいなところあるから、気に入ってるんだ。あ、おっさんもコーヒー飲むだろう？」

智は本を片付けると、台所へ向かった。こんな話を気に入るとは、やっぱり智は国語力に乏しいようだ。

『きみを知る日』は世間から酷評された。受賞後最初の作品で注目されていたのもあっただろうが、「お花畑小説」だの、「現実逃避した若者の日記」だの、「何一つリアリティがない」だの、ひどい言われようだった。

「加賀野さんは、こういう話を書くのには向いてないですよ。もっと人間の真の部分に目を向けてください。人の醜い弱い部分をちゃんと書くべきです」

担当の編集者はそう言っていた。

「もう一度、デビュー作のような話を書いてください。人間の根底にあるものをえぐる作品こそが加賀野さんの書く話です」と。

デビュー作となった作品は、ある大学生が間違って飲んだ薬によって自分自身の内面にもぐり込んでしまい、そこで今まで知らなかった自分の悪意や自尊感情を見せつけられ、戸惑うというストーリーだ。人間の奥底を正直にとらえた小説だの、若者の本当の姿が赤裸々に描かれているだのと、高評価を得た。

しかし、俺自身は、真実や人間の本来の姿などを書いた覚えはなかった。薬を飲んで自分の心の中に入ってしまうんだから、半分はファンタジーのつもりだった。自分の内面が醜かったらショックだろうな。でも、案外こういう嫌な面ってあるな。ここまで自意識過剰だったら愉快だろうと考えながら書いていたら、単純におもしろかった。

だけど、二作目の『きみを知る日』の失敗から、俺は編集者の意見に従い、人間の奥底にある弱い部分や、嫌らしい部分、自己嫌悪感や自尊心、そういうものを際立たせた小説を書くようになった。編集者の言うとおり、俺の得意な分野だったようで、そういう話を書いていれば、スムーズにストーリーは進んだし、読者からの評判もよかった。

「『光の裏側』『闇の底から』『放たれた過ち』。おっさんの話、タイトルだけでしんどいもんな。これ、全部ホラー？」

智はコーヒーを俺の前に置くと、本棚に並ぶ単行本のタイトルを読み上げた。

「ホラーではなく、人間の有り様を描いた小説だ」

スターバックスと変わらないほどおいしい。智の淹れたコーヒーを飲みながら俺は反論した。

「人間の有り様って、おっさん、どんな恐ろしい人たちと交流してたんだよ」

智はそう言って笑うと、

「ほんじゃ、俺、バイト行ってくるわ」

と大きな紙袋を手にした。

「あれ？　今日はコンビニじゃないのか？」

「ああ、これ？　これは、今日、笹野さんの誕生日でさ、マッサージ機能付きのクッションヨン。やれ腰が痛いだの足が痛いだのうるさいから」

「そうなんだ……」

智があのコンビニで働き始めて、まだ二ヶ月のはずだ。それがもう誕生日を祝うのだ。あのじいさんとそういう間柄なんだ。なんとなくしっくりいかない気持ちが湧き上ってきた俺に、

「喜んでくれるかな？」

と、智は首をかしげて見せた。

「あ、ああ、そうだな。いいんじゃないかな」

俺がそう答えると、智は「よかった」とにこりと笑って出て行った。

＊

さて、続きを書こう。コーヒーを飲み終えると、俺は書斎に戻りパソコンを開いた。

友達と始めた会社がなくなり、貯金もない。主人公の亨介は、お金のメドをつけようとする。さしあたっての家賃八万円。それを用立ててもらおうと、兄妹のもとを回っていく。

まずは兄のもとを訪れる。ところが、兄は亨介の姿を見ただけで、嫌悪感に満ちた顔を見せ追い払う。「軽々しく商売を始めた結果がこれだ」と冷笑を浮かべ、「順調にいっている時には連絡もよこさず、困った時だけやってくるとは身勝手なやつだ」と捨て台詞を吐いて背を向ける。

傷つきながらも亨介は次に、幼いころからよく遊んだ妹のもとへ向かう。兄とは違い、周りからも仲良しだと評判だった妹だ。少しくらいのお金なら用立ててくれるだろうと頭を下げるが、子ども二人を抱えた妹に、そんな余裕はないと断られる。自分の今の暮らしを削ってまで兄を助ける気はないらしい。

身内ですらそうなのだから、知人の反応も似たり寄ったりだ。「お金を貸すことはできない」と一様に首を横に振る。

たった八万円のお金すら誰からも借りることができない。お金がないことより、そのことに亨介は絶望にいたる。

ここまで書き上げ、俺は苦笑した。

「ちょっと、こいつの周り、やばいやつばっかじゃん」

と顔をしかめる智の顔が思い浮かんだのだ。

しかし、お金を貸してくれる人間がそうそういるだろうか。どんなに深い間柄であっても、どんなに優しい人であっても、金銭の貸し借りは渋りがちだ。お金が惜しいのではなく、お金を貸すという行為に抵抗がある人間は少なくない。

俺の親だったらどうだろう。笹野さんに指摘された乏しい想像力を働かせてみる。連絡も取らず、不義理をしているが、頼み込めば無理をしてでもお金は用立ててくれそうな気もする。いや、それは甘いか。

「小説家？　それはまっとうな仕事なのか？」

大学四年生の時、俺が作家としてデビューすることを告げた時の親父の渋い顔が浮かんだ。俺も主人公と同じく、何をいまさらと追い払われるのがおちかもしれない。

「一息入れるか」

考えが滞って文章が中断したところで、俺は台所に向かった。

二十代のころから、一日に数回コーヒーを飲んでいる。ブラックは飲めず、五十歳になった今でも牛乳をたっぷり入れる。前までは冷蔵庫の牛乳をそのまま入れるだけだったが、最近は智に言われたように牛乳をレンジで温めている。こうしてできたコーヒーは不思議と味が和む。

俺はコーヒーを飲みながら、ダイニング続きのリビングに設置した大きな本棚の前に立った。

初期の作品からずらりと並んだ単行本と文庫本。デビュー作は薄黄色で二作目は白いカバー、それ以降のカバーは黒か深い灰色か紺色。確かにこれではホラー小説が並んでいるようだ。もう少し淡い色で装丁してもらいたいものだが、小説の内容が内容だからしかたないか。特にここ五、六年に出版した本は、どれも同じような装丁で、自分でもうんざりする。それだけ、似たような作品が続いているのだ。五年の年月が流れても、俺自身にも俺の作品にも何の変化もないということだろう。

あいつはいったいどうだったのだろうか。智にとってのこの五年間は社会に出る大きな節目だったはずだ。俺は本棚の一番下の段にしまっている智の写真を綴じたファイルを手に取った。

最後のページから写真を見てみる。二十歳になった六月から高校三年生までさかのぼって見てみても、スーツ姿はない。ということは、高校卒業後は進学したか、そのままフリーターになったのだろうか。高校卒業後の二年間の写真は、お決まりだから撮っているという感じで、かわいげはまったくない。ほとんどが家の中か家の前で撮影されたもので、笑うでもポーズを決めるでもなく、平然とした顔で写っていて、この時どんな状況にあったのか推測すらできない。

せめて、「十万円受け取りました」だけでなく、「高校を卒業しました」だの、「今就職活動中です」だの、少しでも言葉を添えてくれればいいものを。二十年間、毎月写真を撮って送る労力があるのなら一言ぐらい書けるはずだ。いや、美月はそういう無駄なことは一切したくないやつだった。しゃべり方の甘ったるさとは反対であっさりとした美月の性分を思い出して俺はため息をついた。

高校時代の写真は、家で撮ったものだけでなく、学校で販売している写真を買ったのだろう、修学旅行や文化祭の写真もある。ひととおり行事には参加していたようだ。だけど、わかるのはそれだけで、智がどんな人間だったのかはわからない。勉強は得意だったのだろうか。友達や彼女はいたのだろうか。ユニフォーム姿の写真があれば、どんなクラブに入っていたのかわかるんだけどな。と、写真をめくって思い出した。

そう言えば、いつだったか、泥で汚れた体操服姿で走っていたり、松葉杖で立っていたりする写真が続けて送られてきたことがあった。智は何かスポーツにいそしんでいたにちがいない。確か、半袖姿だったから夏だったか。高校三年生じゃなくて、そう、これ、これだ。俺は何枚かページをめくって、三枚の写真を見つけた。

高校二年生の九月に送られてきたのは、体操服の前面を泥で汚したままでグラウンドを走っている智の写真だ。陸上、もしくは野球かサッカーだろうか。ユニフォームではないからわからないが、何かスポーツをしている姿だ。智の顔は疲れてはいるものの充実感があり、汗でよれた体操服とは反対にすっきりとした表情をしている。

続く十月の写真は、松葉杖の智が隅に立ってグラウンドを眺めている。きっとクラブ中に怪我をしたのだ。大事な試合に出られなくて悔しい思いをしているのか、思うように練習に参加できないいらだちか、智の顔つきはいつもより硬い。

そして十一月は、腕も顔も泥だらけにした智の顔写真。上半身のアップで何をしている瞬間を撮ったものかはわからないが、智は汚れることなど気にもせず無心に何かに打ち込んでいる。

今から八年前に送られてきたものだが、この三枚の写真は覚えている。写真自身が印象的なせいもあるが、記憶に残っているのは、ちょうどこの時期、俺がひどい状態だったからだ。

八年前の夏。俺の書いた小説が、ある漫画に似ているとネット上で話題になった。

俺は、漫画は読まないし、ネットも調べものに使う程度で見ることもほぼない。それを、当時担当だった編集者が「ちょっと大事《おおごと》になってますね」と俺にインターネットのページをいくつか見せてきた。

そこには、「加賀野、盗作、パクり、犯罪者」などとひどい言葉が並び、俺の書いた小説と漫画の共通点を羅列したページもあった。当たり前だが、俺は似ていると指摘された漫画を読んだこともなければ、小説を書く上で何かから引用したり、ましてや盗作しようと考えたりしたことなどなかった。

主人公の恋人が、昔自分がいじめていた相手の妹だったという設定が、漫画と俺の作品は同じだった。だけど、結末も違えば、出てくるエピソードも違う。似たような話はいくつもあるのではないだろうか。そう思っていたが、ネット内の批判は収まることはなかった。

「あんまり気にしないことですね。ネットは見ないほうがいいですよ」

編集者はそう言っていたが、俺は事実を知ってから、毎日、自分のことが書かれているサイトを探してはチェックした。

似ていると指摘された作品だけでなく、俺の過去の作品と似ている漫画を探して報告するというサイト。俺の小説家になる前の言動をさらすサイト。単に俺の小説がおもしろくないと悪口をひたすら書き込むサイト。ネット上には、驚くほど俺の情報があふれていて、そこには読むだけで消えてしまいたくなるような言葉が並んでいた。

【俺、同級生だけど、加賀野、小学生の時から一人で本を読んでいて周りから浮いてて気持ち悪かったー】

【高校時代、私一個下の学年だったけど、いかにも盗作しそうな顔してたよ】

【加賀野の作品、全部読んだけど、全部ごみ。最低の作家】

【また盗作発見！　デビュー作の主人公、この漫画の主人公と同じ！　加賀野、デビューから犯罪者確定】

みんな顔が見えないネットだから好き勝手言っているだけだ。と、開き直れる日もあれば、これだけの人間に否定されているのだ。知人だと思われる書き込みだってある。俺は最低な人間なのかもしれない。と、落ち込む日もあった。いくつも批判を読んでいるうちに、次第に、自分で気づかないうちに、盗作をしていたのかもしれないと思いそうにさえなった。もしかしたら、今書いているこの文章も何かに似ているかもしれない。

この登場人物もこの設定もすでにどこかで表現されているかもしれない。そう思うと、怖くなって文章が出てこなくなった。

締め切りも守らず、ただネットを見続けるだけの日々は続いた。こんな言葉を読んで耐えられる人間がいるのだろうか。見ないほうがいいと思いながらも、自分が知らないところでののしられているのも怖く、確認せずにはいられなかった。

そんな時、智が汚れた体操服姿で走っている写真が届いた。その写真に、若いやつはいいな。こけてもつまずいても、またこうして走れるんだから。そう思った。

締め切りを二度飛ばして、「とりあえずしばらく休載にしましょう」と編集者に通告された月には、松葉杖をつく智の写真が届いた。

怪我か。どうしようもない時ってあるんだな。

智の痛々しい姿に、会ったことがなくとも親子はどこかリンクする部分があるのだろうかと思わずにいられなかった。

人の噂も七十五日とは本当で、次第に俺の盗作を騒ぎ立てるネット上の声は減ってきた。ただ、残って発信しているのは、強い反感を持っている人間のせいか、過激な言葉が目立ってきた。

【あんな小説しか書けないなら、加賀野、死んだらいいのに】
【最近連載ストップしてるみたいだけど、もしかして死んでくれたのかな。それならラッキー】

見ず知らずの人間のものであっても、死を待たれている声を目にすると、すべてを投げ捨てたくもなった。どうして俺は小説なんて書いているのだろう。小説なんてなくても、生きる上で誰も困らない。そんなもののせいで、死ねと言われるのだ。筆を置くべきではないのだろうか。

そこに届いたのが泥だらけの智の写真だった。鼻も頰も額まで汚れた智に、ここまで汚なくなることがあるだろうかと笑ってしまった。泥がついた顔を気にすることもなく智は無心に何かを見つめている。苦しそうでもつらそうでもなく、すがすがしい顔で。泥は洗えば落ちる。そんなもので、情熱やひたむきさはかげりはしない。写真の顔はそれを明確に表していた。

批判や誹謗《ひぼう》で俺が汚されたものは、なんだろう。ののしられ、傷がついたものはなんだろう。しょせん、評判や名誉。その程度のものだ。俺自身は何も汚されてはいない。三ヶ月も書いていなかったのだ。腕はうずうずしていた。俺は、書きたかったんだ。

誰かに褒められるためでも認められるためでもなく、ただ書きたいんだ。そこから一気に小説を書き上げた。

その小説が、『崩れ去るもの』だ。

なじみの患者にふとしたことで恨みを買った医者が、悪評を流され廃院に追い込まれそうになる。悪い噂はすぐさま広がり、そのうち様々な人間にあることないことを言われる。なんとか立て直そうと、医者は必死に動く。ご老人の往診に、医療相談。面倒なことも無料で引き受けた。それでもなかなか風向きは変わらないまま三年が経ったそんな時、一人の少年が訪ねてくる。

「本当はここが一番いい病院だってお父さんが言っていた。僕の病気、先生だったら治せるって」

少年は悪評を流した患者の息子だった。

「おっさん、電気ぐらいつけてよ。薄暗い部屋で自分の小説読みふけってるって怖いよ」

いつの間にか本に没頭していたようで、突然聞こえた声に顔を上げると、智が立っていた。

「あ、ああ。帰ってたんだ」

気づけば時計は六時を過ぎている。昼過ぎから四時間近く、ここにいたのだ。

「『崩れ去るもの』か。その話、最後納得いかないんだよね。男の子の病気が治ってハッピーエンドにすればよかったのにさ」

「ああ。そうだな」

智の言うように、最初は男の子の病気を治し、地域の評判を回復させられそうなところで話を終えていた。タイトルだって『光はこの手に』だった。ところが、編集者に「現実、こんなうまくいかないですよね？ ご都合主義はやめましょう」と指摘され、書き直したのだ。

「結局、男の子も先生も患者も全員かわいそうなんだもん。現実だったら、こんなふうにはならないだろう？ おっさん、小説だからって好き勝手書き過ぎなんだよなあ」

智はそう言うと、どっかとソファに腰を下ろした。

「そうか……。って、君、それにしてもよく俺の小説を読んでるんだな」

「そりゃそうだよ。俺は毎月写真を送ってあげてたのに、おっさん、お金しかくれなかっただろう？ そうなったら、もう本を読むしかないじゃんね」

「そうなのかな……。あれ？ 今日笹野さん休みだったのか？」

「どうして？」

「どうしてって、それ」

俺は智の足元に置かれた紙袋を指さした。朝持って行った袋だ。

「ああ、これ？　これはおっさんに」

智はにっこり笑うと、袋を俺に差し出した。

「俺に？　なんだ？」

「朝持ってたのと同じ、マッサージ機能付きのクッション」

「どうして？」

「どうしてって、おっさん、俺が笹野さんに誕生日プレゼント持って行くのを、恨めしそうな顔で見てただろう。よっぽどクッション欲しかったんだなと思って、帰りに同じのを買ってきたんだ」

「恨めしそうってなんだ」

そんな顔をした覚えなどない。それに、一日中パソコンを打ってはいるが、俺の体は凝りとは無縁だ。

「俺は欲しいなんて言ってない」

もの欲しそうにしていたと思われるのは心外だ。俺が反論すると、

「じゃあ、こっちか」

と、智はカードを差し出した。

「次はなんだ?」

「誕生日カード。笹野さんの誕生日を祝うなら俺のだって祝えと言いたくて、あんな顔してたんだろう。ネットで検索したらおっさんの誕生日、八月なんだね。もう過ぎちゃったけど」

白のシンプルなカードを開くと、「誕生日おめでとう」と書かれていた。

「俺はだだっこじゃないんだから、クッションを欲しがってもなければ誕生日を祝ってもらおうともしてない」

「はいはい。そんな必死にならなくても両方あげるからさ。それよりからあげクン食べよう。まだあったかいから」

智はテーブルの上に唐揚げの包みを置くと、「お茶淹れてくるね」と台所へ向かった。いったいなんなんだ。プレゼントだカードだって、誕生日でもないのにとんちんかんなやつだ。それに俺はもう五十歳だ。誕生日など、ここ何年も祝ったことはない。祝ってほしいと思ったこともないし、俺自身誰かの誕生日を祝うこともない。

それにしても、もう少し何か書けないのだろうか。こういうところ、美月と一緒だ。

俺はただ、「誕生日おめでとう」としか書かれていないカードを何度も眺めた。

7

「おっさん、起きてよ！」

日曜日の朝、寝室のドアを激しく叩いて、智が入ってきた。

「なんだ、どうした？」

時計は八時を過ぎたところだ。泥棒でも入ったのかと俺は慌てて体を起こした。

「どうしたって、今日、秋祭りだろう」

「秋祭り？」

俺は首をかしげた。

「そう。三丁目子ども会の秋祭り。おっさんは古本もったいない市の係りだろう。準備しなくちゃ」

「えっと……。なんだろうそれは」

聞きなれない言葉が寝起きの耳にいきなり入ってきて、俺は戸惑った。

「なんだろうそれはって、おっさん、回覧板読んでないの？」

「回覧板、ああ、なんか先週回ってきたな……」

自治会に入ったせいで、この三週間足らずの間に二度ほど回覧板が回ってはきた。でも、老人会のお知らせや社会福祉協議会の活動報告など、俺には関係のないことばかりが書かれたプリントが何枚も挟んであるだけだったから、読みもせずに終わっていた。

隣の家には智が持って行ってくれているようだし、それで済んでいると思っていた。

「そこに秋祭りの役割分担の説明があっただろう？　人数が足りないからご協力くださいって書いてあったから、おっさん、古本市の担当に名前入れといたんだ」

「はあ……古本市……」

「とにかく着替えて！　説明は小学校へ行く道中でするから。この地域はお年寄りが多いんだから、みんな開始時間より前にやってくるよ」

智にせかされるままわけもわからず身支度を整え、俺は秋祭りに行くためにとぼとぼと歩く羽目になった。

「小学校ってこんなに遠いのか」

家の前の緩い坂道を、北に向かう。その後、智に従い、何度か道を曲がりながら、坂の上のほうへと歩いていく。まだ九時前の日差しは冬の気配がわずかに含まれているせいか、ひんやりと冷たい。

「遠いのかって、おっさん、最寄りの小学校の場所も知らないの？」

「俺自身は違う地域の小学校だったたし、場所は知ってはいてもこの年になって学校なんて行く機会もないだろう」

「選挙は？」

「へ？」

「選挙だよ。おっさんの家だと小学校の体育館が投票所だったんじゃないの？」

智がさっさと足を進めながら聞くのに、俺は小さい声で「いや、選挙は行ってない」と答えた。

「行ってないって、うそだろう？」

智は声を大きくしたが、選挙に行かない人間なんてやまほどいるはずだ。

「大事だと思うけど、俺が一票入れたところでさ」

「そういう人がいるからだめなんだよ。一億三千万人が同じように考えたらどうする？選挙は権利であり義務だよ」

「君、意外と社会派なんだ」

智が語るのに、今度は俺が目を丸くした。

「社会派っておおげさだな。フリーターだろうと、引きこもりだろうと、義務は果たすのが当然。あ、坂石《さかいし》さん、おはようございます」

智が前を歩くおばあさんに声をかけた。七十過ぎくらいだろうか。白い髪を束ねた上品ないでたちの女性は、

「ああ、おはよう」

と足を止めて頭を下げた。

「坂石さん、これ、古本市に持ってく本ですよね。僕、運びますね」

智はおばあさんが持っていた紙袋に手を伸ばした。

「ああ、すまないわね。整理してたらいらない本がけっこうあって」

「ですよね。本って一度きりしか読まないものが多いですもんね。売るのも面倒だし捨てるのは気が引けるし」

「そう。古本市があって助かってるわ」

おばあさんはそう言ってにこにこ笑った。

「じゃあ、僕たち準備もあるので少し先に行かせてもらいますね」

「ええどうぞ」

俺は智にならっておばあさんの横を頭を下げながら通り過ぎてから、

「坂石さんって誰だ？」

と小声で聞いた。

「おっさん、頼むよ。選挙権放棄の次は、一番身近なリーダーさえ知らないの？　坂石さんは五班の班長。ついでに言っておくと三丁目自治会は九つの班に分けられていて、おっさんは五班に所属してる」

「へえ……」

「へえって、おっさん、俺がいなくなったらどうやって生きていくんだよ」

智にやれやれとため息をつかれ、「そうだな」とうなずきかけた俺は、首を横に振った。無理やり自治会に入れられたからうろたえているだけで、ここに引っ越してきてから二十年間、近所づきあいや地域の活動とは無縁だったが、だからといって困ることは何もなかった。

「そうそう。おっさん、どうせ回覧板読んでないだろうから、古本もったいない市係りの仕事内容、言っておくね。自治会の人がいらない本を持ってくるから、それを受け取って並べる。で、本が欲しい人は自由に持って帰っていいことになっているから、渡してあげる。お金は発生しないから簡単だろう？　いつもと同じようにただ本の前にぼうっと立っていればいいだけだから。以上」

小学校が見えてきて、智は簡潔に俺の役割を説明した。

「見張りって感じかな」

「本は無料で持って帰っていいわけだから、見張るっていうより、みんなが気持ちよく、好きな本を手にできるようにサポートするだけだよ」

智はこともなげに言ったけれど、接客業をしたこともない俺に、そんなことができるだろうか。

「ちなみに俺はヨーヨー釣りの係り。もしこっちのほうがよかったら代わるけど？」

智に聞かれて俺はきっぱりと首を横に振った。ヨーヨー釣りに群がるのはきっと子どもだ。あいつらを並ばせたり、ルールを説明したりするのなんてとても無理だ。

智と話している間に小学校の校門のまえにきた。石でできた門は重厚ではあるが、ずいぶん古い。日曜日のせいか校舎もしんとしていて、学校らしい賑《にぎ》やかさはない。

「今はこの辺りも高齢化が進んで全校生徒が二百人に満たないんだって。使っていない教室も多いだろうから、なんか殺風景に見えちゃうよね」

「へえ……確かに少しさびれた感じはするな」

グラウンドの遊具や校舎へつながる渡り廊下には、錆《さび》やひび割れが見える。それにしても、智が俺の家に来て一ヶ月も経っていない。小学校の場所に、班長の名前に、はては生徒数まで。どうやってそんなに情報を得ているのだろうか。

「君はこの地域のこと、よく知ってるんだな」

「三丁目はしゃべるのが好きな人、多いからね。ちょっと散歩すれば、みんないろいろ教えてくれるよ。っていうか、逆に、自分の家のすぐそばの小学校のこと、こんなにも知らずにいられるほうが不思議だよ。アイマスクして耳栓したとしても、そこまでシャットアウトできるかなあ。あ、あれが体育館だ」

すでに人がいるのが見えて、俺は智と急いで体育館へと入った。入り口には「子ども会秋祭り」と手書きの看板が立てられ、土足で上がれるように体育館床にはシートが敷かれている。

薄緑色のシートに暗幕。バスケットゴールに舞台横に掲げられた木彫りの校歌。どこでも同じようなつくりなんだなと、自分が通っていた小学校を思い出す。

「おっさんはそこで古本市の係りね。俺はあっちでヨーヨー釣りの準備してくる」

懐かしさに体育館を見回していた俺に、智は坂石さんから預かった袋を押し付けると、周りの人に挨拶をしながら、体育館の中央へと歩いていった。

「さて……」

俺はとりあえず段ボール箱がいくつか置かれているスペースにすごすごと移動した。体育館の入り口すぐの一角が古本市の場所のようで、カレンダーの裏を使った紙に、

「ご自由に本を置いていってください」「ご自由に好きな本を持って行ってください」と書かれている。いらない本を段ボール箱に並べ、そこから持ち帰るシステムのようだ。すでに何人か本を持ってきたのだろう、段ボール箱の中には何冊か本が入っている。

この箱の前で立っていればいいんだよな。それとも、「本をどうぞ」と声をかければいいのだろうか。まだ体育館の中は役員がほとんどで誰も古本市に見向きもしていない。

俺が辺りをうかがいながら立っていると、

「すんません、遅くなって」

と、髪の毛が真っ白ではあるけれど、しゃんと背筋が伸びた体格のいいおじいさんがやってきた。

「いいえ、まあ……」

「えっと、あれだ、加賀野さんだよね。よろしく」

おじいさんはそう頭を下げると、「よし」と体育館の隅に置かれている紙袋を運びだした。前日までに持ち込まれた本が置かれているようだ。

「ああ、そうか。これ、段ボール箱に移すんですね」

ぼうっと立っている場合じゃないと、俺もおじいさんにならって袋の中の本を段ボール箱に移し始めた。

「ああ、助かる。あ、人に見てもらわないといけないから、背表紙見えるように立てて入れていってな」

「あ、そうか。そうですね」

　荷造りじゃないんだから、見やすいように並べるのが当然だ。基本的なことも考えつかない自分に、苦笑してしまう。

　おじいさんが手際よく紙袋から本を出していき、俺が慌てて段ボール箱の中に立てていく。これだけの作業でじんわり汗ばむのだから、相当の運動不足だ。

「若い人が来てくれると助かるよ」

　おじいさんは段ボール箱に本を並べ終えると、そう言って床に腰を下ろした。

「いや、僕は若くはないですが……」

　俺も段ボール箱の前に座る。体育館の床はひんやりと冷たい。

「周り見てみなさいな。この辺りはほとんど七十歳越えたじいさんとばあさんばかりだよ。こないだ防災訓練でこの体育館に集まったんだけど、試しに避難所作ってみたら半日以上かかった。年取ると体が鈍くなって」

　と、おじいさんは笑った。

「そうなんですね。えっと、おいくつなんですか」

「ああ、わしは七十八歳。自己紹介してなかったな。自治会の防災委員のリーダーやってる森川《もりかわ》です」

「七十八歳⁉」

おじいさんが言うのに、俺は思わず声が大きくなった。

がたいがいいせいか、きびきびした動きのせいか、六十歳そこそこだと思っていた。しかも八十歳前の人が防災委員のリーダーをしているだなんて。

「防災委員なんて、たいへんですね……」

「たいへんたいへん。年取ると声がかすれてくるから、訓練で指示を出してもみんな聞きづらいみたいで。ちなみに防犯委員のリーダーの山上《やまがみ》さんはわしより年上。防犯パトロールで夕方何人かで地域回ってるんだけど、みんな年寄りだから徘徊《はいかい》してると間違われてしまいそうや」

森川さんは陽気に笑った。

防犯に防災。そんな委員が小さな地域にあることにも、委員の仕事をお年寄りの方が担っていることにも、驚かずにはいられなかった。

「なんだかすみません……」

高齢の方にすべてを押し付けているようで、俺は小さく頭を下げた。

「若い人は、こういう場に顔を出してくれるだけで十分。若いうちは自分の仕事が忙しいだろうしね」

「いや、まあ、僕は若くもないですし、たいした仕事もしてなくて……」

五十歳で、家でパソコンを打っているだけの仕事。若くもなければ仕事もたかが知れている。それに、自分が七十歳になった時に、地域のために動いている姿など、まるで想像できない。

「ははは。たいそうな仕事してるやつなんてそうそうおらんでしょう。防災訓練の時はお宅の智君が途中から来てくれたから、後片付け、ずいぶん助かった」

「智君？」

お宅の智君が、俺の前に現れた智を指しているとわかるのに時間がかかった。

「そう。智君、場慣れしてたけど、防災関係の仕事してたことでもあるんかな？」

智が現在、ローソンで笹野店長のもと働いていることは知っている。でも、以前何をしていたのか、どんな勉強をし、何を志していたのかは何一つ知らない。

「さあ……どうでしょう。よくわからないやつで……」

息子のことを知らないのはおかしく思われるだろうか。俺があいまいに首をかしげると、

「謙遜して。よう働くええ息子さんやな。うらやましいわ」

と、森川さんは褒めてくれた。

体育館の中は、十時を前に人が増えてきた。入り口付近に古本もったいない市、その反対側に地域の人が育てた野菜を売るスペース。あとは、ヨーヨー釣り、スーパーボールすくい、輪投げなど、子ども向けのゲームがあるだけで、体育館は広々としている。

智は何をしているのだろうか。ヨーヨー釣りのほうに目をやってみると、子どもたちの相手をしては楽しそうに笑っている姿が見えた。

「おいおい、並べよー。一列一列、順番抜かしはだめー。そうそう上手じゃん」

智はにこやかに、でも、きっぱりと子どもたちに指示を出す。あいつ、仕切るのがうまいんだなあ。本当に俺とは正反対だ。遺伝子だけでは、共通点はもたらされないのだろうか。

ぼんやり眺めていると、本を抱えたおじいさんに「おい」と声をかけられた。

「えっと」

「これ、いらん本。持ってきたらいいって回覧板に書いてたけど、どうするんかな」

「あ、そうですね。えっと、段ボール箱の中に入れてください」

「は?」

「本を段ボール箱に……」

何かおかしなことを言ってしまったのだろうか、怪訝《けげん》そうなおじいさんにもう一度俺が説明しようとすると、

「は？　何だって？」

と、おじいさんは大きな声で叫び、顔をしかめた。こんなに大声で訴えられたことはない。気に障ることでもしたのか、それとも見かけぬ顔の俺がここにいることに不信感をあらわにしているのだろうか。下手に対応したらますますおじいさんを怒らせてしまいそうだ。どうしたらいいのだろうと、俺がおろおろとしていると、

「保《たもつ》じいさんは耳遠いから、もっと大きな声出してやらんと。保さん、本、置いといてくれたらいいからね。で、欲しい本あったら、好きなの持って帰って」

と、隣でおばあさんと話していた森川さんが助け舟を出してくれた。

「ああ、はいはい」

おじいさんは森川さんの言葉に納得したようで、「よいしょ」と本を段ボール箱の中へ丁寧に置いていった。

「加賀野さん、声、小さいからなあ。わしのガラガラ声も聞き取りにくいだろうけど」

「すみません」

俺が謝ると、

「喉の具合でも悪いの？」

と、森川さんは心配そうな顔を見せてくれた。

「いえ、そうじゃないんですけど」

喉も体の調子も悪くはない。普段、人と話をすることがめったにないせいだ。編集者との打ち合わせもレストランや喫茶店で行われることがほとんどで、声を張ることもない。それだって数ヶ月に一度のことだ。人と会話をすることがなくなると、話題が乏しくなりはしないかと危惧していたが、適切な音量すらわからないとは、それ以前の問題だ。俺は肩を落としながら、

「体はいたって健康です……ただ、普段、人と話すことがない仕事をしていて」

と正直に言った。

「へえ、仕事何してるの？」

森川さんに聞かれ、俺は「まあその、小説を書いています……」と答えた。小説家なんて資格もなければ、会社にも属していない。自分で勝手に名乗っているようで、肩身が狭い。

「おお、すごいじゃないか」

「いや……まあ」

小説家は珍しいかもしれないが、すごい仕事ではない。驚かれると、ますます居心地が悪くなる。

「どんな話書いてるの？　時代小説？　なんだ、サスペンスみたいなの？」

「なんというか、基本的なことを」

「基本的なこと？」

「人は何のために生きているのかというようなことを書いてます」

俺の言葉に、森川さんは「どえらいこと書いてるんだな」と豪快に笑った。

生きるとは何か。人間とは何か。自分とは何か。書き方や話の内容は違っても、小説の根底に流れるのはそういうことではないのだろうか。

「何のために生きるのかなんて、よっぽど時間に余裕がある人間しか考えないよなあ。そもそもそんな話、おもしろいの？」

「いや……」

「あ、すまんすまん。失礼だったな。年取ると無神経になっていかんよな。まあ、そのうち体が温まってきたら、いい声も出るよ」

森川さんはそう言って俺の肩を叩いた。

その後は、森川さんの話を聞きながら、人が持ってきた本を並べたり、足を止めた人に本を持って帰るよう声をかけたりしているうちに、二時間ほどが過ぎた。

持ち込まれた本は辞書やガイドブックや古典に最近の文庫本まで、多岐にわたる。その反面、手にしてもらえるのは、料理本やエッセイ、恋愛ものや推理ものなど、読みやすい本ばかりだ。

「年取ったら難しい本読まなくなるなあ」

「そうそう。登場人物が多いと誰が誰か忘れるんだよ」

おじいさんたちはそう言って、薄い本や楽しげな表紙の本を持って行く。

「空いた時間にちゃちゃっと読めるものじゃないとね」

「わざわざ重い話を自分の時間に読むの、もったいないじゃない」

おばさんたちはそう言って、タイトルからして陽気な本を持って行く。

無料だとしても、暗い長い話は避けられてしまうのだろうか。

「残った本はどうするんですか？」

「廃品回収に出して、子ども会の活動費にするんだ」

森川さんはそう答えた。

残された本は、ほとんど黒や紺や灰色の暗い背表紙。俺の作風とよく似ていると評されている作家の小説も何冊かある。きっと俺の本がここにまぎれていたとしても同じ。誰も手に取ることはないだろう。俺なんかに人生や人間の真実を語られなくても、ここにいるおじいさんやおばあさんはすでに知っている。

「そろそろ終了かな」

十二時前になると、人もまばらになってきた。体育館の出店は午前中で終わり、この後は子どもたちが神輿《みこし》をかついで三丁目を練り歩くそうだ。

「えっと、片付けですね」

「そうそう。体育館を元どおりにするんだ」

森川さんはそう言うと、段ボール箱を体育館の隅にのけ始めた。

俺も何かしなくては。だけど、俺が段ボール箱を運ぼうとする前に森川さんが動いてしまう。それなら他のことをと、周りを見ていると、「ごめんよー。シート片付けるな」と別のおじいさんが俺の足元のシートをくるくる巻き始めた。そっか。このシートは巻いて倉庫にしまうんだな。みんなの動きに続こうとしても、すでに誰かが片付けかけていて、手つかずのシートはない。おじいさんやおばあさんが大半なのに、みんなしゃべりながらも動きが速く、ぼんやり立っているのは俺くらいだ。えっとじゃあ何をしよう……。五十歳にもなって、こういう時どう動くのがいいのか見当がつかず、何をすべきか見つけられない。自分で自分が情けなくなる。

「ほら、これ。シートがのけられたらモップかけるからさ」

俺がきょろきょろしていると、智が大きなモップを持ってきた。

「ああ、そうなんだ。みんな片付けに慣れてるんだな」

「だいたい雰囲気でどうすればいいかわかるだろう」

智は肩をすくめて笑った。

「そうなのか……」

「おっさん見てると、外界との断絶を図ることが生む弊害がよくわかるよ」

「俺は別に断絶なんかしてないし、時々外にも行くし、たまに……」

俺が言い訳している横で、智はどこかのおばさんに声をかけられ、そのまま話が盛り上がりだした。周りを見ると、みんな作業をしながらも、楽しそうにおしゃべりをしている。笑い声や陽気な声は体育館によく響く。

二十年も住んでいる地域なのに、ここにいる人の顔を俺は知らない。一人で仕事をして一人で生活をしている。その暮らしが寂しいと思ったこともなければ、孤独を感じたことも一度もない。ただ、こういう場で誰に声をかけられることもなく、話をする相手もなく一人立っていると、自分が取り残された心地がする。自分の住んでいる町の人が、誰も俺と話そうとしない事実を思い知ったようで、どこか落ち着かなくなる。

まあいい。地域活動を熱心にやろうというわけでもないし、一人で仕事をするということはこれからも変わらない。心が波立つのは、この一時のことだ。今は体育館をきれいにすればいい。俺は黙々とモップを動かした。

床を拭き終え、モップを片付けようと、倉庫前でけたたましく話しているおばさんたちの後ろに並んでいると、

「あ、加賀野さん、わし、神輿の交通整理の担当あるから、先に帰らしてもらうな。お疲れさん」

と、森川さんが入り口付近で俺に手を振るのが見えた。しわがれた低い声は、耳の奥まで響いた。

8

十月最後の月曜日。秋も半ばになると、一日が過ぎるのが早くなるように感じる。今日は編集者との打ち合わせだ。昼過ぎに着替えて玄関に向かうと、

「どうしたの？」

と、リビングでテレビを見ていた智が、俺の後ろを付いてきた。

「どうしたって何がだ」

「何がって、洋服着てるじゃん」

「いつも着ているだろう」

普段は家にいるからラフな格好をしている。それに、小説を書く時に身近に柄があると集中できないから、黒や灰色の無地の服が多い。だからといって、別にパジャマでいるわけでもだらしない格好というわけでもない。今日は人と会うから少しこぎれいにしているだけだ。

「人並みにしゃんとしてるからさ。どこか行くの？」

そういう智は長袖のTシャツにスウェット生地のパンツを穿いている。寝巻のような服装なのに、周りに不快感を与えないのは若い人間の特権かもしれない。

「新しく担当になった編集者と次の作品の打ち合わせで、駅前の喫茶店で会うことになっている」

「なるほど。作家って、そういう仕事もあるんだね。ただじっと引きこもってパソコン打ってるだけってわけにもいかないのか」

智に「仕事たいへんだね。まあ、がんばって」と励まされ、どことなく居心地が悪くなって、俺は頭をかいた。

「あ、ああ。えっと、君は？　今日もローソン？」

「今日は休み。どうしたの？　突然息子に興味持っちゃって」

「いや、ただ聞いただけだけど」

「まあ、そうだろうね。じゃあ、気をつけて。いってらっしゃい」

智は玄関口でそう言って手を振った。

誰かに見送られたことなど、子どものころ以来だ。実家を出てから一人で暮らしてきたから、「いってきます」や「ただいま」は三十年以上発していない言葉になる。

「いってきます」と言おうかと思ったが、言い慣れない言葉のせいか、うまく口にできず、俺は「ああ。じゃあ」とだけ言って家を出た。


駅前の喫茶店に入ると、二十代後半くらいの男が俺を見つけてすぐさま「加賀野さん」と奥の席から声をかけてきた。

「片原《かたはら》と言います。やっと加賀野さんの担当になれました。僕、加賀野さんの作品は全部読んでいるし、暗記している言葉もたくさんあるくらいなんですよ。僕は主人公だけでなく、加賀野さんの作品の登場人物みんな好きなんですよね。どれも人間らしくて」

片原と名乗った編集者は俺が席に着くや否や、目を輝かせてそう語った。

「今の連載が終われば、うちの社で書いていただけるんですよね？　次の作品、どうしましょう。ああ、加賀野さんと本を作れるなんてわくわくする」

そう言って、挨拶もそこそこにメモを取り出した編集者に、俺の心はどことなく弾み始めた。最近はどの出版社も長く付き合いのある編集者ばかりで、新しい人間と会うことはなかった。それが、こんなに楽しみにしてくれる人と作品を作れるのだ。どうしよう、何を書こうかと、久しぶりに心の隅が奮い立つ気がした。

「今、書きたいものありますか？　気になってることとか」

片原は俺の分もコーヒーを注文すると、さっそく本題に入った。

「そうだな、どうだろう」

「今までにない感じがいいですよね。攻めた作品にしましょうよ」

「ああ」

「加賀野さんの作品の主人公、最近は三十代四十代が多いから次は学生とかどうでしょう？」

「ああ、そうだな」

「加賀野さん、今の若者の言動とか見ててどう思います？　若者が主人公だったらどんな話できそうですか？」

片原に次々と投げかけられ、俺も頭の中に浮かべてみた。

「若者……バイトをしてる青年とか……」

「いいですね。フリーター。どこか刹那的で投げやりな生き方をしてて」

「ああ。その青年がバイト先の年老いた店長と……、なんというか、仲を深めていくとか」

笹野さんと智みたいな組み合わせは、おもしろいんじゃないだろうか。ああいう二人なら、ごく普段の日常を描くだけでも、物語になりそうだ。

「仲を深めていく？」

「誕生日を祝ったり、どこか出かけたり、仕事仲間の枠を少しずつ越えていくというか」

「はあ……」

片原はさっきまでの勢いをなくして困った表情を浮かべた。

「生活環境も年代も違う人間同士が、仕事という括りで一緒になって、距離を縮めていく過程は興味深いと思ったんだけど」

俺が説明を加えると、片原はますます眉を寄せた。

「で、どうなるんでしょう？　店長が青年の不注意で亡くなるとか、経営が破綻するとか?」

「いや……。そういう大きなことは起こらなくて」

「どうかな。今までの加賀野さんの作風と違い過ぎませんか? 僕はまだ新人なのでよくわからない部分もあるんですが、率直に言わせてもらうと、それおもしろくなりますかね」

遠慮がちにそれでもはっきりと彼は言った。どうやらあまりいい思い付きではなかったようだ。

「ほか、ないですか? もっと身近な題材で」

「身近……。それなら、地域の活動に焦点を当てるとか、どうだろう。大掛かりじゃない祭りとか」

「嫌だな。加賀野さん」

片原は小さく笑った。

「それ、題材聞いただけで薄っぺらい感じがしますよ。心温まる交流とか、みんなで集まって何かを成し遂げるとか。いかにも安っぽい」

「そう、だよな」

「それより、もっと加賀野さんらしい、加賀野さんの本当に書きたいことで行きましょう」

「俺らしい話か」

「そうですよ。読者に迎合するのはやめましょう。無理に温かい小説に持って行く必要ないですよ。人間って醜いものでしょう？　そういうものから目を背けず現実を書くのが小説の役割でもあるって僕は思うんですよね」

片原はそう言うと、運ばれてきたコーヒーに口をつけた。

「生きるとは何か。そこ掘り下げていったら、闇に触れずにはいられないですから」

「そうなのかな」

俺もコーヒーを飲もうとして、牛乳が入っていないことに気づいた。ブラックでは飲めないし、フレッシュは好きじゃない。しかたなく水を口に入れると、

「最近の若者の特徴をネットで調べてきたんですけど」

と、片原が何枚かのプリントをテーブルの上に出してきた。

「今の若い人間って、人に認められたい欲求やつながりたい思いは強いけど、リアルな対人関係を結ぼうとはしないみたいですね。あと、我慢することも苦手らしいですよ」

「はあ……」

ホームページをいくつか印刷したものだろう。プリントには若者についての分析が書

かれている。

「今の若者ってマニュアルどおりのことしかできないんですよね。そこから外れた時、若者が何に気づくのか。自分の無能さを思い知った若者はどう行動するのか。そこ書いていくのって意味があることだと思うんですけど」

まだ二十代であろう片原が若者について語るのを、俺はぼんやりと聞いていた。最近の若者って、彼はいったい誰のことを指して言っているのだろうか。このプリントにたいそうに書かれている結果は、どこの誰を分析してまとめられたものなのだろう。「積極性がない」「打たれ弱い」「自信がない」。並べられたプリントに書かれた特徴。さしあたって、俺が知っている唯一の若者、智はどれにも当てはまっていない。こんなデータをいくら読んでも、誰のこともわかるわけがない。

「評論や分析をたくさん読むより、一分でいいから人と話せって、確か笹野幾太郎さんが言ってたな」

俺がぼそりと言うのに、片原は大きくうなずいた。

「ですよね。大学生かフリーター、そういう人間にインタビューする機会設けますね。彼らの闇、掘り下げていきましょう」

「いや、いい、いい」

「どうしてですか？　今の若い人間、自分についてしゃべりたがってるやつ多いから、いくらでも取材対象は見つけられますよ」

「いいんだ。そう、若い人間は、身近にいる」

見ず知らずの若者と話すなんてとんでもない。しかも、他人の闇になど触れたくもない。俺は即座に断った。

「そうなんですか。じゃあ、とりあえず新作はこの方向で行きましょう。苦悩を抱える若者は多いから、共感してもらえるはずですよ。新しい読者の獲得につながりそうですね」

方向性が決まり、片原は満足げに微笑んだ。

「ああ、そうかな」

残念ながら、次の小説の装丁も黒か灰色。また暗い色になりそうだ。

打ち合わせは一時間程度で終わり、店の前で片原と別れると、俺はバス停へ向かって歩いた。

「人間の闇を書いた小説か……」

片原に言われたことを思い出すと、気が重くなる。

夏目漱石や太宰治《だざいおさむ》。十代のころ夢中で読んだ小説は、美しいものも汚いものも含め、俺に人間の奥底にあるものや、生きることの真実を見せてくれた。現代だって、生きるとは何かを語る素晴らしい小説はたくさんある。人間や生命のたくましさや醜さ、本来ある姿を描こうとしている作品はおもしろい。でも、俺はそれを、書くべき人間なのだろうか。

「息子としてふるまうのであれば、少なくとも人前でおっさんと呼ぶのはちょっと……」

秋祭りの帰り道、俺は智にそう言った。周りの人は智を俺の息子だと認識しているのに、智は堂々とおっさんと呼ぶ。みんなにどういう関係だと不思議がられるのは必至だ。

「え？　まさか、お父さんと呼べって？」

智はきょとんとした。

「いや、それは違う気もするが……」

「だよね。俺たち血しかつながってないもんなあ。お金は少々もらったけど、おっさんのしたことってセックスだけだよ。それで父親のように接しろっていうのは、無理あるよ」

智はそう言って、笑った。

人間とは、生きるとは、そんな大きなことを探る以前に、自分が父親と言えるのか、息子とは何なのか。その辺りに目を向けるのが先のような気もする。

バス停で時刻表を確認すると、通勤時間帯でもないせいか、あと三十分以上バスは来なかった。智は家にいるのだろうか。せっかく駅まで出てきたのだから、何か買って帰ろうか。そう考えて、俺は大人になってから土産というものを買ったことがないことに気づいた。土産なんて、中学校の修学旅行の時に、親に買って以来だ。

やっぱり食べ物が無難だろうと、俺は駅前のショッピングセンターの地下へと足を踏み入れた。洋菓子に和菓子、惣菜に弁当。様々な店が並び、平日の昼間なのに、人が行きかっている。

俺はショーケースの中に目をやりながら、店内を歩いた。シュークリームにショートケーキにゼリー。華やかなものも、おいしそうなものもたくさんあるが、何がいいのかわからない。誰かが食べることを想定して買い物をしたことがないから、ぴんとこない。

そもそも智は何が好きなのだろうか。俺の家に最初に現れた時は、豆大福を持ってきた。よく買ってくるからローソンのからあげクンも好きなのだろう。ついでにコーヒーを淹れるのもうまい。大福は甘く、唐揚げはスパイシーで、コーヒーは苦い。三つの共通点は何だ。好物を推測するのは、推理小説を練るより難しい。

頭を悩ませながら足を進めると、和菓子屋が並ぶコーナーが出てきた。ケーキよりあっさりしていていいだろうかとショーケースをのぞきながら歩いていた俺は、小ぶりの大福が並ぶ店の前で足が止まった。

抹茶大福、豆大福、栗大福、え？

「カフェオレ大福？」

そんなものがあるんだと、思わず声が出た。

「こちら、コーヒー味の大福でとても人気の商品なんです。中に餡《あん》とコーヒークリームが入っていておいしいですよ」

俺のつぶやきにすかさず店員が声をかけてきた。

コーヒーが大福になっているとは。そんな不思議な代物があったのか。

「大福はほんのり塩味が利いているので、それほど甘ったるくもなく、男性の方でもぺろりと召し上がっていただけると思います」

豆大福とかあげクンとコーヒー。それぞれの一部を引き継いだような商品があるだなんて。

「じゃあ、これ、これをください。二人分」

「えっと、お二つでいいですか？」

「あ、はい」

カフェオレ大福。和と洋が融合された画期的な菓子だ。これは、すごいものを見つけた。智はびっくりするにちがいない。俺はわくわくして、紙袋を受け取ると帰り道を急いだ。


「おい、お茶を淹れてくれ」

俺がダイニングに入るなりそう言うと、智が、

「おかえり。何慌ててるの。まずは手洗いうがいしなよ」

と眉をひそめた。

「ああ、そうだな。手を洗っている間に、お茶淹れといてくれ。なんていうか、大福買ったから」

「そうなんだ。了解」

俺はさっさと手洗いとうがいを済ませると、紙袋から大福を出した。パン皿ではなく、黒色の小さい皿が合うんだったなと大福を小皿に載せていると、

「何？　変わった色の大福だね」

と、智がお茶をテーブルに置いた。

「中身、何だと思う?」

「わかんないな。何?」

「いや、言ったら台無しだな。早く食べてみてくれ」

「そんな不思議なの、買ってきたの?」

「不思議というか、とにかく食べよう。さあ、早く座って」

「何、興奮してるんだよ。おっさん、そんなに大福好きだったんだ」

智はこらえきれないようで、ふきだした。

「いや、そうじゃないんだけど」

中身がコーヒーだとわかったら、智はどんな反応をするだろうか。それを想像すると、落ち着いてはいられない。

「じゃあ、いただきます。って、なんだよ。そんなに見つめないでよ」

「ああ、いや」

俺はお茶を飲みながら、智が大福を口にするのを待った。智は手を合わせてから右手で大福をつかむと、一口ほおばった。

「うん?」

「どう、どうだ?」

「あ、なんだろう。この味」

　智は首をかしげながら、もう一口、口にする。

「あ、わかった。これ、コーヒーじゃん」

「そう、そうなんだよ」

　俺も一口食べてみる。コーヒーより生クリームの味が強く、少し食べただけでは何の味かわかりにくい。

「お、慣れてくるとうまい」

「おおそうか」

　最初の反応がいまいちだったからがっくりしそうになったが、智がおいしそうな顔をするのにほっとした。

「一口目はあれって感じだけど、大福があっさりしてるから、クリームでも食べやすいよな」

「ああ。そうだろう」

「コーヒーの苦みもいいアクセントだし。うん、うまいんじゃない」

　智は大福を食べ終えると、お茶をごくりと飲んだ。

「そうなんだ。コーヒーと大福が一緒に食べられるだなんて、すごいだろう」

「しかも、大福は塩を利かせてあるから、甘いものが苦手な人でも食べやすくなっているんだ」

「だね」

「ああ。って、この大福、おっさんが発明したの？」

「いや、違うけど」

「じゃあ、どうしてそんなにコーヒー大福について語ってるの？」

「いやあ、なんでだろう……」

ただ、ショッピングセンターで売っていた大福を見つけて買っただけだ。けれど、智がおいしそうな顔をするのに、どこか誇らしい気がした。

「小説はあんなに暗いのに、大福でこれだけ盛り上がれるって、おっさん、実はのんきで陽気なんだね」

智は「よかったよ」と微笑《ほほえ》んだ。

「いや、まあ。そうだな、えっと、君は今日の休み、何してたんだ？」

意気揚々と大福を買っていたと思われるのは恥ずかしく、俺は話題を変えた。

「最近夜勤続いてたし、うとうとしたり、だらだらしたりしてる間に時間が過ぎちゃった」

「そっか。休めないとな、体」

「まあ。ね」

智はうなずきながら、不審な目を俺に向けた。

「おっさん、大丈夫？」

「大丈夫だが、なぜだ？」

「突然コーヒー大福に肩入れしだしたかと思ったら、次は俺に興味持ちだしてさ。俺が来てから三週間くらい経つけど、おっさんが俺の何かを知りたがったの、初めてじゃない？」

「そうかな」

スタバで生い立ちを聞こうとしてはぐらかされたきり、彼自身について問うことはなかった。息子がどうやって生きてきたのか、何を考え、俺をどう思っているのか。俺のことをどれくらい美月から聞いているのか。また、ここに来た目的は別にあるのではないか。それらを知りたくないわけではない。ただ、どことなく聞きづらく、そのまま触れられずにいる。実の息子に本気で踏み込もうとしない俺は、どこかおかしいのかもしれない。本来なら、思い切って疑問を投げかけるべきなのだろうか。

「まあまあ、力まなくても自然にわかってくるのを待てばいいんじゃない。本当に大事なことならそのうち伝わるしさ」

「あ、ああ、そうだよな……。あれ？　どうして、君は俺の考えてることがわかるんだ？」

俺の思いに答えるような言葉に驚くと、智はけらけら笑った。

「おっさん。引きこもってなければ、これくらいは、だいたいの人がわかるよ」

「そうなのか」

「そうそう。試しに、おっさんが今知りたいことに答えてあげようか」

「あ、ああ」

俺が今知りたいこと。それは何だろう。自分でも見当がつかない。

「俺の好きなものは、かりんとう。もしくは、揚げ出し豆腐」

「へえ……」

俺は智の好きな食べ物を知りたかったのだろうかと首をかしげていると、

「好物さえ知っておけば、次、土産買う時迷わないだろう。こういう奇天烈なお菓子、あんまり得意じゃないんだよね」

智はそう言って肩をすくめた。

第3章　二百四十一枚の写真の日

9

今年の冬は寒くなるという予報どおり、十一月に入ったとたん、体の奥に響くような寒さだ。秋が一気に終息に向かい、一年の終わりをしみじみと感じる時期がやってきた。といっても、二十年以上同じような毎日を送っているから、一年が終わろうとも、新しい年が始まろうとも、変化があるわけではない。

パソコンを開いて小説の続きを書く。締め切りは二十八日。まだ二十日以上あるが、少しでも話を進めておきたい。

今月書くのは、借金を断られた主人公亨介の次の行動だ。途方に暮れた亨介がどう動くのかが、なかなか思い浮かばない。この話は、来年一月までの連載で、あと二回。結末は頭の中でもうできている。亨介が自ら生涯を閉じたことを知った、親や兄弟、友人たちが後悔を口にする。「これほどまで思い詰めていたのなら八万くらい貸してやればよかった」「八万円で命を救えたのだ」と。その様々な語りで話を閉じるつもりだ。

それにしても、亨介はわずか八万円も貸してもらえないほど人望がなかったのだろうか。自分で書いていて疑問が残る。ある程度身内や友人がいる人間なら、それぐらいどこかから引っ張り出せそうな気もする。いや、八万円を手にできなかったのは、亨介の人間性だけでなく、その必要性を伝えられなかったのも要因だ。この時の亨介にとっての八万円は差し迫ったものだった。友人に裏切られ会社もなくし、とにかく住める場所だけでも確保して一時の安心を得るために必要なお金だった。それを訴える力が弱かったから手にできなかったのだ。八万円……。安心を得るためだとしたら、少し安すぎるだろうか。そもそも、いくらあれば、人は生きられるのだろう。

「月十万で育つものなど何もないんじゃない？　犬や猫でも無理だろうなあ。あ、セキセイインコもね」

俺が渡していた智の養育費は月十万円。二十年間で二千四百万円を渡していることになる。けっこうな額だとは思うが、それでも智はそう言っていた。

俺は子どもを育てたことどころか、金魚もハムスターも飼ったことがない。大人になってしまった俺はそうお金がかからないが、人や生き物が成長するとなるとどうだろう。必要な額はイメージしがたい。そんなことを考えていると、「想像力がない」、いつしか笹野さんが言っていた言葉が頭に浮かんだ。

「ね、おっさんも書く?」

文章が進まず頭を悩ませているとノックが聞こえ、答える前に智が入ってきた。

「書くって何をだ?」

「これだよ。カード」

智は淡いピンクの花の絵がちりばめられたカードを見せた。

「何のカードだ?」

「やっぱり知らないんだ。明後日《あさって》は、おっさんの、ゆきずりの女の誕生日だよ」

ゆきずりの女って誰だと考えてから、さすがに俺も智を咎《とが》めた。

「君の母親だろう。そんな言い草はないだろう」

「俺はちゃんとお母さんって呼んでるけど、おっさんにとったらの話だよ。誕生日も知らないんじゃ彼女と言えないし、仲良くもないから友達でもない。顔見知りが近いかなとも思ったんだけど、ちゃっかりセックスしてるもんね。うん。ゆきずり以外にぴたりとくる言葉がない」

　智はけろりとした顔でそう答えた。

「どうでもいいけど、そういう言葉を使うのはやめたほうがいい」

「あっそう。で、書くの、カード」

　智はカードを開いてパソコンのキーボードの上に置いた。カードには整った字で、

「誕生日おめでとう。こちらはみんな元気。体に気をつけて」

　と書かれている。

「おっさんと一緒にいるのに、黙って俺だけがお母さんの誕生日祝うの、抜け駆けみたいでよくないかなと声かけただけなんだけど」

「一緒にいるのにって、美月は君がここにいることを知ってるのか？」

「うん。先月、実家帰った時に、しばらくおっさんの家に泊まるつもりだって話してきたから」

「そうだったんだ……」

　美月は智が俺に会うことを反対しなかったのだろうか。長年放っておいた父親のもとに息子が行くことに抵抗がなかったのだろうか。いったいどんな気持ちで了承したのだろう。いや、智は二十歳を過ぎた大人だ。自分の子どもとはいえ、いちいち口出しをし

ないのが普通なのかもしれない。

「せっかくだし、何か書く?」

智は勝手にペン立てからボールペンを取り出すと俺に手渡した。

「いや……、どうだろう」

誕生日だと知り、カードまで差し出されているのに、祝おうとしないのは薄情な気もする。しかし、二十五年の間、美月とは一度も言葉を交わしたことがない。十万円を振り込み、写真が送られてくるだけで、そこに気持ちや思いを送り合うということはなかった。

「突然、驚かないだろうか」

記憶の中の美月は二十代前半のままだ。かわいい見た目とは違って気の強い美月が、甘い声で、だがきっぱりと、「何これ」と否定するであろう様子が目に浮かぶ。

「驚かれるのって悪いことじゃないじゃん。サプライズは誕生日に付きものだし」

智はソファに腰かけながら言った。

「俺、美月とは実際に会ったのは数回だけだし、二十年以上話だってしていないし……。おめでとうと俺が言っても、誰なんだと思われる」

「誰なんだなんて思うわけないじゃん。セックスした相手なんだから」

「でも、愛し合ってたわけじゃないし、友達でも恋人でもないし、今さら何なんだというだたないだろうか？」

俺がぼそぼそと言い訳を並べるのに、

「愛がなかったのはおっさんだけじゃないの？　それに、数回会っただけの相手に子どもを産ませて、二十年以上話もしていないって、そのほうがよっぽど『何なんだ』だよ。国によっちゃ軽犯罪法に触れるんじゃない？　おめでとうくらい書いて、罪を軽くしたら？　それとも小説家に言葉書いてもらうのってたいそうなことなのかな」

と、智は笑った。

「別に言葉を書くのを渋ってるわけじゃないんだが、美月に嫌がられるかなと思っただけで……」

「おめでとうと言われて嫌がる人なんていないって」

智は気楽に言うが、美月と俺の関係を考えれば、十分ありえる。

「あなたができるのは経済的に支えることだけよ。子どもの誕生を喜べない人に父親になる権利はない。顔も見せず口も出さず、お金だけ出してくれたら、それでいい」

最後に会った日。美月は俺に弁明する隙も与えず、そう言って帰っていった。振り向きもせず足早に去っていく姿に、俺の存在を完全に切ってしまっているのだと痛感した。

「きっと俺からの言葉なんてうっとうしがるよ。美月は気が強いというか、きっぱりしているところがあるから」

俺がそう言うと、智が目を丸くした。

「おっさん、数回会っただけの二十年以上話をしていない人のこと、わかるの？　お母さん、少なくとも気が強いタイプではないけど」

「そうなのか？」

気が強い。美月の性格を表す言葉はそれ以外にあまり浮かばない。母となり美月も変わったのだろうか。

「さ、書くなら早くして。午前中に郵便局に持って行くから」

「あ、ああ」

「何でもいいから。ほら」

智にせかされ、俺はカードの隅に小さく「おめでとう」とだけ書いた。

「げ。おっさん、字、小さすぎだろう。これ、虫眼鏡ないと読めないよ」

智はカードを手にして顔をしかめると、「じゃあ、郵便局行ってくる」と出て行った。

虫眼鏡がないと読めないか。ここ何年も誰かに手書きでメッセージを送った覚えはない。声も字も適切な大きさすらわからなくなっているとは。自分では気づかなかったが、こうして家にこもっているうちに、ずれが出ているのだろうか。いや、いいんだ。ここで一人で小説を書く。それが俺の日常なのだから。俺は一つ息をはくと、仕事に戻った。

10

「で、そう言えば、なんか返事は来たのか」

ダイニングに智を見つけてそう聞くと、智は、

「また?」

とふきだした。

美月に誕生日カードを送ってから、一週間が経つ。そろそろ返事が来てもよさそうなころだ。「おめでとう」と書いた以上、その反応が気になってしかたがない。今さら美月に会いたいだとか、気に入られたいだとか、そういう思いがあるわけではない。どう受け止められたのかが単純に気にかかるのだ。

「おっさん、それとなく聞いているつもりかもしれないけど、俺の顔見るたびに返事のこと口にしてさ。小学生じゃないんだから。はい、コーヒー」

「あ、ああ。気にしてるというか、君がせっかくカード送ったんだから、返事もらえた

かなって……」

智がテーブルにコーヒーを置いて、俺はなんとなく席に着いた。

「返事気にしてるの、おっさんだけだから。おめでとうの返事なんて、ありがとうくらいしかないだろう」

智は自分の分もコーヒーを淹れると、俺の前に座った。

「そっか」

「しかも、二十年以上放っておいても平気だったお母さんの反応を、今になって気にするなんてさ」

「相手が美月だからってわけじゃなく、積極的に誰かにメッセージを送ったのはずいぶん久しぶりだから、どんな言葉が返ってくるのかと」

「積極的って、おっさん、俺にカード差し出されて、おめでとうってオリジナリティのかけらもない言葉を読めない大きさで書いただけじゃない」

智はそう言って笑った。

「まあ、そうだけど。でも、君だって少しは気になるだろう？　誕生日カード送ったんだから」

「別に。ただ、誕生日だからおめでとうって言っただけで、それ以上は何もない」

「君は誕生日を祝うのが趣味なのか？」

笹野さんに美月。ついでに誕生日でもない俺にも、智はカードをくれた。

「まさか」

「じゃあ、どうして？　君はこの一ヶ月で三人もの誕生日を祝っている」

「おっさん、本当に風変りだな。身近に誕生日の人がいたら、おめでとうくらい言うのは自然なことだよ。人を喜ばすことができるかもしれない機会が目の前にあれば、やってみたくなるだろう？　誕生日は割と安全に相手を愉快にできる、とっかかりやすいチャンスだから、おっさんもどんどん人の誕生日祝ったほうがいい」

「すごいな……」

返事も期待せず人を喜ばせたいと思えるなんて、智はボランティア精神にあふれている。

「これ、普通だから」

智は呆れたように息をついた。

「そうなのか」

「そう。相手の反応を求めてたら何もできないよ。おっさんだって、俺が淹れたコーヒー、当然の顔で飲んでるだろう？　君の淹れたコーヒーは最高だ。この一杯で俺は救われる。心からの感謝を贈る。くらい言ってもいいのにさ」

「本当だ！」

俺は口をつけていたカップをテーブルに置いた。なんて失礼なことをしていたのだ。こんなにもおいしいコーヒーを智は何も言わず淹れてくれているというのに、今まで礼の一つも言っていなかった。

「すまない。君があまりにも自然にコーヒーを淹れてくれるのに、感謝の心を忘れてしまっていた」

「冗談だよ。おおげさだからやめてよ。ただコーヒー淹れただけなんだから、感謝なんかしなくていいって。これ、インスタントだし。おっさん、重症だな」

智はたやすく言うが、俺ならどうだろう。ダイニングに誰かの姿を見つけ、コーヒーを用意できるだろうか。きっと、どんな飲み物を選べばいいか躊躇《ちゅうちょ》してしまうし、相手が喉が渇いているかどうか推測できない。そもそも俺の場合、飲み物を出すという発想すらわかないかもしれない。

俺にはまったくない智のこういう部分は、美月の性格を受け継いでいるか、美月と生活する中で育まれたもののはずだ。ということは、美月もそばにいる誰かを気遣う人間だったのだろうか。俺が気づかなかっただけで、優しい女性だったのかもしれない。いや、それはないか。

「毎月写真は送るから、それで十分でしょう。父親風吹かして子どもに会おうとかいう妙な考えは起こさないでね。きっちり月末までに十万円振り込むのだけは、忘れないように」

何の感情も含まずそう言っていた美月の顔を思い出して、俺は静かに首を横に振った。

11

十一月第三週の火曜日。ぐっと冷え込んだ夕方、チャイムが鳴るのが聞こえて、慌てて玄関に向かった。進みかけた仕事を中断させるけたたましい音。回覧板か宅配便だろうかと少しいらだちながらドアを開けると、笹野幾太郎さんが立っていた。

「やあ、親父さんは元気だったんだな」

「はあ……」

ローソンの店長がなぜ来たのだろう。一度会っただけの俺の健康状況をどうして気にかけてくれるのだろう。いや、それより、まずは中に入ってもらわなくては。夕方の風は乾燥している分、身を切るように鋭い。ジャンパーを着込んだ笹野さんは身をかがめながら立っている。

「えっと、どうぞ」

家の中に入るように促すと、笹野さんは、

「あ、ここで。すぐ帰るしな。ほい、これ」

と、ローソンのレジ袋を差し出した。

「これ……。いただいていいんでしょうか？」

「ああ。もちろんだ」

ずしりと重い袋の中を見ると、ポカリスエットとゼリー飲料がいくつか入っている。発注間違いか何かで余って困っている商品なのだろうか。スポーツドリンクもゼリー飲料も好きではないが、せっかくここまで持ってきてくれたのだ。俺は「ありがとうございます」と頭を下げた。

「で、どうだ、少しはましになってるのか？」

笹野さんは俺の顔を見つめて聞いた。少しはましに……何のことだろう。俺が静かに首をかしげると、

「智の風邪だよ。明日はバイト行くとは電話があったけど、二日も熱が続くとさすがにぐったりしてるだろう」

と、笹野さんが言った。

「風邪……」

「ああ。土曜日にしんどそうにしてたと思ったら、日曜月曜とバイト休みで、今朝、もう一日だけ休ませてほしいと連絡あったからさ。って、まさか、親父さん知らないの」

笹野さんは、眉根を寄せた。

「はあ……」

「はあって、親父さん、智と一緒に住んでるんだよな」

「そうですけど……」

確かに智はここで生活をしているが、智のバイトが不規則なせいか、俺が仕事で部屋にこもっているせいか、顔を合わさない日もある。お互いの時間が合わなければ、相手が何をしているのかわからない日が続くのも不思議ではない。

「親子でなくたって同じ空間にいる人間が病気だったら気づきそうなものだけど。この家、尋常じゃなく広いんだな」

笹野さんは嫌みではなく、本当に驚いたように言った。

「いえ……」

この家は広いし、部屋数も多い。人の気配に気づきにくい間取りでもある。だが、それ以上に尋常じゃないのは、俺の人に対するアンテナの鈍さかもしれない。そんな鈍感な俺が小説を書いているなんて滑稽だ。えらそうに人生が何だなんてよくも書けたものだ。俺は……、いや、そんなことを考えている場合ではない。智は病気なのだ。それも、バイトを休むほどだからよっぽど具合が悪いのだ。

「これ、ありがとうございます。智に渡しておきます」

俺がレジ袋を抱えて頭を下げると、「ああ、お大事に」と笹野さんは軽く手を振った。

ところで、智は二階のどの部屋を使っているのだろうと、俺は階段をのぼりながら考えた。台所も風呂も一階にあるため、二階に上がるということを何年もしていない。いや、そういう問題ではない。智がここに来て、一ヶ月以上。彼がいる部屋すら確かめようとしなかった自分に驚くべきだ。今まで人と共にいることがないおかげで気づかなかったが、周囲に対する俺の無関心さは鈍感のレベルを超えている。

階段を上がってすぐの部屋は、本や雑誌が積み上げられた物置と化していて、姿はなかった。その隣の六畳の部屋の扉をそっと開けてみると、布団の上に寝転がった智がいた。

「おお、君、大丈夫なのか？」

俺が中に入ると、

「あれ、おっさん、どうしたの？」

と、智が体を起こした。

「どうしたのって、風邪だと聞いたから……。これ、さっき、笹野さんが来て」

「ああ、ありがたい。ちょうど水分欲しかったんだよね」

俺が袋を渡すと、智は中からポカリスエットを取り出し、すぐさま口にした。

「だいぶ悪いのか？　えっと、そうだ、医者を呼べばいいのかな」

わずかだが智の顔色は暗いし、話す声もかれている。

「いいよ。土曜に病院行って、薬もらったし」

「そっか。じゃあ、何をしたらいいのだろう」

目の前に病人がいるのだ。何かしなくてはいけないはずなのに、それが何かわからない。

「もうだいぶましだから、大丈夫。俺、扁桃腺《へんとうせん》弱くてただの風邪ですぐに熱出ちゃうんだよね」

「熱ってことは、あ、あれだ。水で濡らしたタオル、それを持ってこよう」

昔、ドラマか漫画で、枕元に水が入った洗面器を置き、そこで絞ったタオルを熱のある子どもの額に載せている母親の様子を見たことがある。

「いい、いい。もう、熱はないから」

「じゃあ、おかゆ、おかゆを作るんだっけ」

「おっさん、作れるの？　いいよ。ほら、これあるし」

智は笹野さんが持ってきたゼリー飲料を俺に見せた。

「そっか。それでいいのか」

笹野さんはただのバイト先の店長なのに、欲しいものをぴたりと用意できる。やはりご高齢だけあって、よく人のことがわかっている。いや、智に言わせればこんなの普通のことなのだろうか。

「三日間、ごろごろしてたから、もう元気。今日は念のために休んだだけだからさ。心配しないで」

「あ、ああ」

「もう大丈夫だから、おっさん、仕事でもしてきなよ」

「そういうわけにも……。そうだ、部屋の温度を上げようか。あ、まずは換気か」

「いいよ。もうほとんど治ってるのに」

「すまない。病気に不慣れで適切な対処法が思いつかない」

俺が頭を下げると、智は声を立てて笑った。

「病気って、ただの風邪だよ。こんなの対処なんか必要ない。寝てれば治るし、たいそうなことじゃないよ」

「そうなのか。俺は大人になってから風邪もひいたことなくて」

俺はそう言いながら、部屋の隅にそっと腰を下ろした。何年も入っていない部屋は、自分の家なのにしっくりとこない。

「風邪ひいたことがないって、本当に？　一度も？」

智はそうとう驚いたのか、かすれた声を大きくした。

「ああ、病気も怪我も、二十歳越えてからした覚えがない」

「すごいじゃん。それ、かなり珍しいことだよ」

「すごいのかな」

健康に気を遣っているわけではないが、体調を崩したことはただの一度もない。実は俺はずいぶんと丈夫な体の持ち主だったのだろうか。

「みんな年一回くらいは風邪ひくじゃん。じゃあ、おっさん、一昨年は？　インフルエンザ、すごいはやったじゃん」

「インフルエンザは生まれてこの方、かかったことはない。まあ、あまり外に出てないからうつらなかっただけかもしれないが」

「引きこもりってすごいんだな」

智は心底感心したようにうなずいた。

「どうだろう」

「引きこもるのって、俺が想像していたより悪いことじゃないかも。外に出なければ、ウィルスに感染することもないし、危険がないから怪我もしない。人と接することがなければ、気持ちが通じなくてイライラしたり相手の反応に不安になったりすることもないから、ストレスも溜まらないしさ。実は引きこもりって心身ともに健やかにいられる究極の状態なのかもね」

「褒められているのか、けなされているのかわからないが、俺、引きこもりではないから」

「褒めてるんだよ。外に出ればどうしたって知り合いが増える。知り合いが増えれば、摩擦も起きるし、自分以外の人の悲しみに触れる機会だって増える。一人でいれば誰にも傷つけられず、誰も傷つけずにいられるのに。おっさん、次は小説じゃなくて、引きこもり健康法でも書いたら？」

智は肩をすくめて笑った。

「なんだ、それ。健康なのか不健康なのかちっともわからないタイトルじゃないか。それに俺、健康に対する知識は皆無だし。……あ、そうだ！」

健康について知っていることを思い出して、俺は手を叩いた。

「どうしたの？」

「鍋。鍋を食べよう。こないだテレビで、鍋は栄養満点の健康食だって言っていた。温かい上に何でも入れられるし。夕飯に俺、鍋作るよ」

「おっさん、作れるの？」

「鍋の中に食材を入れたらいいだけだろう？　作ったことはないけど、できるはずだ」

俺が言うと、智は、

「そもそも、この家、そんな大きな鍋ある？」

と聞いた。

台所にあるのは、フライパンと小鍋が一つずつ。それにやかん。確かに鍋を作るような大鍋は持っていない。白菜や鶏肉を買えばできると思っていたが、肝心な物がそろっていなかっただなんて。

「そこからか……」

俺が自分にがっかりしてつぶやくと、

「この家、すごく広いのに、おっさんのための物しかないもんね。人が来ることがまったく想定されてないから」

と、智が笑った。

「ああ。今まで来客があったことなどないもんな。あれ？　そう言えば、この布団、どうしたんだ？」

俺は智が敷いている布団を指さした。

「買ったんだよ。布団もタオルもパジャマも歯ブラシもコップも。客用や余ってる分を使おうと思って身軽にやってきたのに、この家、本当に何もないから」

「そっか……そうだな」

タオルやコップ。人が来たら、それらがいるのだ。それなのに、この家は自分のための物しかない。家だけではない。俺にも、人を迎えるためのものが何一つ備わっていない。

「あ、でも、家に余分なものを置かないの、今のはやりみたいだよ。なんだっけ、ミニマリストとかっていう……」

「俺、買ってくる。俺はミニマ何とかなんかじゃない。肉と豆腐と白菜と、それと鍋。大きな鍋を今すぐ買ってくるから」

俺が勢いよく立ち上がると、智が、

「はりきってるね。あ、でも、白菜と大根はあるからね。こないだ森川さんが畑で採ったのを持ってきてくれたの、台所の奥に置いてある」

と言った。

外は太陽も光をひそめ、しっかりと寒い。俺はジャンパーを着込んで玄関を出た。向かうのは駅前のショッピングセンター。そこまで行けば、土鍋も売っているはずだ。土鍋は重くて大きく、持ち運ぶのもたいへんだろう。それでもバスを乗り継ぎ、買うのだ。なぜか俺は土鍋を買うことに、使命感のようなものを覚え、奮い立っていた。土鍋だけではない、野菜と肉。ポン酢だっているだろう。帰りは両手に大きな袋を提げているはずだと勇んでバス停まで向かいかけ、足を止めた。智は白菜と大根は森川さんにもらったと言っていた。二つも食材をいただいているのだ。荷物でいっぱいになる前に、先に礼を言いに行かないといけない。森川さんは、一緒に古本もったいない市を営んだ仲でもある。無礼があってはだめだ。

ところで、森川さんの家はどこだっけ。礼に行くと意気込んでみたものの、同じ三丁目に住んでいても、どう行けばいいのかわからない。いったん帰宅し、智に聞いてみるか。いや、そう言えば、先週回ってきた回覧板にバス停前の住居案内図を新しくしたと書いてあった。それを見ればわかるはずだ。回覧板はごくたまに有益な情報をもたらしてくれる。

俺は住居案内図で場所を確認すると、森川さんの家に向かった。バス停から北へ、三つめの筋を入った角が森川さんの住まい。石垣で囲まれたずしりとした家だ。

「おや、加賀野さん、いったいどうした？」

チャイムを鳴らすと、リラックスした格好の森川さんが出てきた。もう風呂も済ませた後のようで、寝巻の上にカーディガンを羽織っている。勢いよくやってきてしまったが、何の連絡もせずお邪魔するのは迷惑だっただろうか。

「あ、あの、その、こんばんは」

俺は深々と一礼をした。

「ああ、こんばんは。最近日が暮れるのも早くなったね。あ、中、入っていくかい？」

「いえ、あの」

「寒いし、まあ入りなよ。もうすぐ夕飯できるから、一緒に食ってくか？」

森川さんは俺を玄関先まで迎え入れると、風呂上がりのつやつやした顔でにこやかに言った。

「いえ、あの今日はただお礼にうかがっただけで、すぐに帰ります」

「お礼？　なんだったかいな」

森川さんは首をかしげた。笹野さんにしても森川さんにしても、しわが刻まれた顔はどことなく安心感を与えてくれる。

「うちの息子から、先日白菜やらをいただいたと聞きまして」

「白菜？……ああ、あれか。あんなもん、うちの庭でちょこっと作ったのを押し付けただけ。それをわざわざ？」

「そうです」

「そりゃ、どうも」

「いえ。当然のことです」

俺はきちんと義務を果たしたようで、少し誇らしい気分になった。

「で？　えっと、その、手ぶらで？」

森川さんは俺の体を見回した。

「ええ、そう、手ぶらです。……あ、そうか。何かお礼の品を持ってくるべきでしたよね」

「いやいや、そんなもんいるわけない。ただ、わざわざいらっしゃったから、何かあるんかいなと思っただけで。失礼失礼」

「ああ、すみません」

たいそうに家まで行くのなら、菓子折りの一つでも持ってくるべきだったのだろうか。森川さんの家を訪れた自分に大きな進歩を感じそうになったが、連絡もなく夕飯時に手ぶらで行くとはまぬけだったかもしれない。

「礼なんかいらないのに、あんな野菜で気を遣わせてしまって悪かったな」

「いえ。ありがたいです。今晩、いただいた野菜で鍋にしようと」

「寒いしいいね。だったら、そうだ、よかったら春菊も持って帰って」

森川さんはそう言うや否や、中に向かって「母ちゃん、野菜、包んで」と声をかけた。

「いいです。これ以上いただくわけには。それに、今から買い物に行くので」

「何を買いに？　あるものだったら、持ってってくれりゃいい」

「土鍋を」

「土鍋？」

森川さんは不思議そうに繰りかえした。

「そうです。土鍋、大きめの鍋を買おうと……」

鍋を買うのはそんなに奇妙なことだろうか。俺は恐る恐る答えた。

「土鍋かいな。それだったら、うちの持って帰りな。いらない鍋、山ほどあるわ」

「いえ、まさか、鍋だなんていただけません」

俺が首を横に振るのに、「ええ、ええ、持ってってくれりゃ、助かる。処分に困ってるから」と森川さんは言い、「母ちゃん、鍋も」と声をかけた。

春菊に長ねぎにポン酢に鶏肉が入った大きな土鍋を手に抱え、腕から筑前煮に漬物にポテトサラダが入った紙袋を提げて家に戻ると、

「どういうこと？」

と、台所で白菜を切っていた智が目を丸くした。

「どういうことというか……」

森川さんの家での一件を話すと、智は「じいちゃん、ばあちゃんって、本当に人を喜ばせるのが好きなんだね」と笑った。

「丁重にお断りしたんだが」

「鍋までもらっておいて？　おっさん、案外ちゃっかりしてるからな」

「鍋などいただけないと言ったのに、断っても断ってもどんどん品が出てきて……」

森川さんは土鍋どころか、ついでに器はいらないか、やかんはどうだ、このおろし器はよく大根がおろせるなどと、玄関先に台所用品を次々並べ、揚句には、買ったものの

乗ってないから持ってってくれと、鍋には一切関係ない自転車まで勧めてきた。それを必死で断っている間に、顔も背格好も森川さんによく似た奥さんが「男、二人なんだって？　あんまり自炊しないんじゃない？　邪魔だろうけど、持ってって」と紙袋に料理を詰め込み、この事態となったのだ。

「森川さんはどれだけ物をあげるのが好きなんだ、というより、そもそも、あの家、どれだけ使ってないものがあるんだ？」

俺が、森川夫妻があれこれ用意する様子を思い出しながらつぶやくと、

「何年も生きてるんだから、使わないものも要らないものも、溜まっていくよ。必要最小限で暮らすのも悪くないけど、思いがけず誰かが来た時、何も渡せるものがないのはちょっと残念だもんね」

と、智は言った。

「ああ、そうだな」

鍋も布団もないこの家を皮肉っているのだろうか。いや、智は軽口は叩くが、遠回しに批判を込める人間ではない。その程度は智のことをわかってはきた。

「ねえ、これ、せんべいに飴まで入ってるけど」

智は紙袋からお菓子を出して、「もう五十歳なのに、森川さんから見るとおっさんも

まだまだ子どもなんだね」と笑った。

具材を突っ込めば鍋ができるとは言ったものの、そう簡単にはいかないと思っていた。ところが、鶏肉に白菜に春菊に大根に長ねぎ。それらをただ入れただけで鍋は十分おいしかった。

「ポン酢ってすごいんだな。肉にも野菜にも合う」

「だな」

「白菜ってこんなにとろっとなるんだなあ。いくらでも食べられる」

「そうだね」

「この出汁《だし》、おいしいよな。鶏肉っていい出汁が出るんだな」

「おっさん、鍋は何年ぶり？」

俺が感想を並べるのに、智が笑った。

「どうだろう。いつ食べたか覚えていないくらいだ」

実家を出てから、鍋を食べた記憶はない。一人での外食で選ぶメニューではないし、鍋自体持っていなかったのだから自宅で食べたこともない。

「そりゃすごいね。これだけ感動してもらえたら鍋も本望だな」

「ああ、森川さんの奥さんが作ってくれた筑前煮も漬物もせんべいもどれもうまい」

「せんべいは市販品だろうけどね。おっさん、実はよく食べるんだね」

そういう智も鍋を食べ終え、香ばしい音を立ててせんべいをかじっている。

「確かに、えらく食べたな」

いつもの食事はカロリーメイトやレトルトのカレーなどで十分だ。こんな量を食べることはないし、おいしいとしみじみ感じることも少ない。

「これだけ食べるとお腹が重いな」

「本当に」

智も満足げにお腹をさすった。

もう九時になろうとしている。普段は十分もあれば食事を終えられるのに、二時間以上食卓に座っているとは。俺は時計を見て驚いた。鍋はきれいに具がなくなっているし、もう何も食べられそうにないのだから片付ければいいのだが、お腹が膨れて動けそうにない。

「君はもう寝たほうがいい。睡眠とらないと、せっかく鍋を食べたのに、風邪がぶりかえしてしまう」

俺がそう言うと、智は、

「こんなお腹が膨れた状態で横になったら、胃を壊しちゃうよ。もうちょっと消化してからだな」

と、またお腹をさすった。

「そうか」

「そうそう。それに、鍋のおかげで風邪もすっきりしたし。おっさん、ありがとう」

率直に礼を言われ、俺は鍋で温まって赤くなった顔がさらに熱くなるのを感じた。

「食材を切ったのは君だし、俺は鍋に具を放り込んだだけだ」

「鍋にしようと思い立ってくれたのはおっさんだろう。病気になると、二十五年間放っておいた父親ですら優しくしてくれるんだな」

智はいたずらっぽく笑った。

「いや、そんな。……あ、そうだ、君は怪我することも多いのかな」

けらけら笑う智の子どもみたいな顔が、泥だらけになっていた写真の姿と重なって、俺はそう聞いた。八年前の秋に送られてきた三枚の写真、それを思い出したのだ。

「怪我……？　どうかな。捻挫した覚えはあるけど。どうして？」

「どうしてって、えっと、ほら、これ」

突然の質問に不思議そうにしている智に、俺は写真をしまってあるファイルを取り出し、松葉杖姿の写真を見せた。

「あ、これ、高校二年生の時だ。うわ、俺ひょろひょろだな」

智は懐かしそうに写真に食いついた。

「松葉杖の前は泥で汚れた体操服姿で走る写真が送られてきたんだけど。部活中に走っていて怪我したのか？」

「この走っているのは体育祭の写真。俺、リレーのアンカーだったんだ」

「すごいじゃないか。こけたのに走っているなんて」

「こけてなんかないよ」

「体操服、ずいぶん汚れてるけど」

「ああ、それは洗濯出すの忘れてたからだ。そういや、体育祭の日、一日体操服が汗臭くて倒れそうだった。あ、ついでに捻挫は部活中じゃなく、昼休みに鬼ごっこして階段を踏み外したんだよ。俺、お調子者だったから」

「そうだったんだ……。じゃあ、どうして松葉杖ついて、グラウンドを眺めてるんだ？」

怪我の原因は鬼ごっこかもしれない。けれども、十月に送られてきた写真の智は、真剣な表情でグラウンドを見つめている。

「グラウンド？」

「ほら、じっと見てるの、グラウンドだろう」

「ああ、これは家の近所の小学校のグラウンド。同じアパートの子が小学四年生でリトルリーグのエースやっててさ、どれだけすごいのか休みの日に試合見に行ったんだ」

「そうなんだ……。でも、どうしてそんな写真を撮ったんだ？」

「一ヶ月に一度おっさんに写真送る約束になってたのに、この月は写すの忘れてたんじゃない？　確か、お母さんが、写真撮らなきゃとか言いながらグラウンドまでカメラぶら下げてきた記憶がある」

「そっか……。じゃあ……」

「うん。申し訳ないけど、十一月の泥まみれの写真も、走って転んで汗かいてってドラマティックな姿じゃないよ。これは高校で幼稚園との交流会に行って、子どもたちと芋掘りした時の。必死で芋掘ってたらこんな顔になったってだけ」

「そうなんだ」

　当時苦悩していた自分と照らし合わせ、智の写真に、怪我をしても必死で立ち向かっているのだと勝手な想像を膨らませていた。汚れても傷ついても必死で前を向いている姿だと胸を熱くしていた。だけど、現実は少し違ったようだ。

「けれど、お母さん、なんで、よりによって三ヶ月続けてこんな写真選んだんだろうね。高校の二学期なんて文化祭も合唱祭もあったから、もっといいのありそうなのに」

「そうか」

「そうそう。学校で販売されてた写真だって他に何枚も買ったのに」

もしかして……。俺はファイルをめくってみた。智の日常を切り取った写真。幼少期は、歩いたり走ったりご飯を食べていたりといろんな姿があるが、小学生のころからは部屋の中でただ立っているスナップが多く、高校二年生の泥だらけの写真のように特徴のあるものはない。考えすぎかとページをめくって小学五年生の七月の写真に目が留まった。

「これは?」

小学生の智は、満面の笑みで手に表彰状を持っている。

「なんだっけ?」

智は目を凝らして写真を見ると、「あ、一学期休まなかったから皆勤賞もらったやつだ」と言った。

「皆勤賞。すごいんだな」

「そんなの、すごくないよ。俺、小学四年生の時はマラソン大会で優勝したし、中学一年生の時は市の絵画展で佳作だったんだよ。あ、書道コンクールでも表彰されたことある。それなのに、賞状持ってる写真って、これだけじゃん。もっとすごい賞の写真送ればいいのに。お母さんの価値観ってちょっとずれてるんだよなあ」

智はファイルをめくりながら文句を言った。

智が小学五年生ということは、俺が三十六歳の時だ。十四年前。何があっただろうか。ああ、そうだ。何年かぶりの冷夏で涼しかった夏。記憶を少したどるだけで思い出すことができた。

その年の七月、俺は二年連続で候補に選出された文学賞に落選した。一年目は惜しくも逃したが、今年は確実に取るだろうと周りから言われていた。作品の出来もよかったし、本の売り上げも上々だった。ところが、一年前と同様だめだった。賞を狙っていたわけでもないし、取り立てて欲しいと思ってもいなかったが、二年連続の落選に俺の小説はいまいちだと、評価を下されたようで多少気はめいった。

「お母さんは元気だったらそれでいいっていうおおらかな人だから、マラソンや書道の賞より、皆勤賞が貴重だったのかな。いや、どう考えても、マラソン大会優勝のほうがすごいよなあ」

智はそう言うと、「ちょっと、これ見てよ」と次のページの写真を指さした。

何か意味があるのではと考えてしまうのは、小説家のくせかもしれない。毎月写真を撮っているのだ。二百四十一枚の写真。そのうちの何枚かが、俺の境遇と当てはまっていても何の不思議もない。

「この写真の俺、髪の毛、左右長さが全然違うだろう。お母さんに切られて、がたがただったんだよな。俺、小学校卒業するまで家で散髪してたんだよ。こんな髪型で出歩いてたんだ。今見るとぞっとする」

智は自分の姿に苦笑した。

「子どもだからおかしくないよ」

「本当？　あ、俺チビだったのが、中学一年生で突然背が伸びだしてさ、このころ洋服きつくて」

智はページをめくってそう言った。

「少しズボンの丈が合ってないかな」

「だろう。背の順、一気に三番から十一番になったんだよ」

「すごい伸び方じゃないか。この三ヶ月見比べると、手足がぐっと長くなっているな」

「そうそう。成長痛で夜中足が痛かったっけ」

夜は確実に深まっている。けれど、お腹がいっぱいでまだ動けそうにないのだから、食卓で写真を眺めるのも悪くない。

「この何ヶ月か同じような写真が続くんだけど」

俺は中学二年生の智の写真を指した。服装が違うだけで、ほぼ同じ表情で憮然と座っている写真が六枚は続いている。

「あはは。このころ反抗期だったんだよ。写真撮るから笑えって言われてもさ。月一回母親に写真撮られるの、思春期の男子にしたらつらいよ」

「だろうな。あ、この辺りかな？　反抗期が終わったの」

「かもね。俺、うっすら笑ってるもんな」

十万円を送り、その返事に送られてきた写真。毎月の決まりでただの受領書のようになっていたそれらが、突然動きだしたように思えた。

第4章　きみを知る日

12

十一月十四日。駅前の銀行で預金を下ろしたついでに、ショッピングセンターで大福を買い、森川さんの家に届けた。震えるほどではない、身が締まるような小気味のいい寒さ。冬に足を踏み入れるこの時期の澄んだ空気は、吸い込めば体の中を新しくしてくれるように感じる。

「寒くなると甘いものがありがたいね」

森川さんはうれしそうに大福の入った紙袋を受け取ってくれた。

「でも、いいのかい？　こんなにいっぱい」

「もちろんです。土鍋に野菜にたくさんいただいたし、それにこの店の大福おいしいんです。コーヒー味やら抹茶味やら変わっていて」

大福は様々な種類を組み合わせ、十個用意した。

「ずいぶんハイカラな大福だな」

「奥様とぜひ」

「それが残念ながら、うちの母ちゃん入れ歯で餅の類《たぐ》いは食えないんだよ」

「ああ……、そうなんですね」

森川さんは夫婦そろって七十八歳だと言っていた。その年なら入れ歯でもおかしくないし、餅を食べて喉に詰まらせる可能性もある。実は大福は高齢者には向かない食べ物かもしれない。お年寄りは和菓子が好きだろうし、コーヒーや抹茶の味ときたら珍しくてさらに喜んでもらえるはずだと、単純に考えてしまった自分に苦笑した。

「あ、心配は無用だよ。わしは大福大好きだから喜んで食べるよ。一人でこっそりと」

森川さんはいたずらっぽく言った。

大福の消費期限は明日だ。小ぶりだとはいえ、一人で十個の大福。どうやら手土産を間違えている。俺が心配する横で、

「なんでももらえるものはうれしいんだよ。年寄りはな」

と、森川さんは豪快に笑った。

森川さんの家から帰宅すると、智がリビングで掃除機をかけていた。

「おっさん、おかえり」

智は俺に気づくと、掃除機のスイッチを切った。床の隅には雑巾とバケツも置かれている。

「ずいぶん丁寧に掃除してるんだな」

「ああ、明日戻るからさ」

「戻る？」

「そ。俺のアパートにね」

「アパートって？」

「だから明日家に帰るんだよ。おっさん、世話になったね」

「帰るって、明日？」

あまりに驚いて、俺の喉から調子外れの声が出た。

「そんなびっくりしなくても、きれいにしていくから安心して。来た時よりも美しく、だもんな」

智はそう言って笑った。

「いくらなんでも突然だ。明日だなんてえらく早くないか？」

「早い？」

「そうだ。早すぎる」

「そうかなあ。一ヶ月以上世話になったし、長居しすぎたと思ったんだけど」

二十五年会わずにいた親子が過ごすのに適した時間は不明だ。こんなふうにずっと二人で暮らしていくわけがないのもわかる。だけど、明日智が帰ってしまうというのは、どうにも落ち着かない。

「でも、昨日鍋を食べたところじゃないか」

俺の言葉に、智は怪訝な顔をした。

「鍋……？　鍋を食べたら、とどまるのが普通なの？」

「そうじゃなくて、鍋を一緒に食べて話だってしただろう。なんていうかこれからというか……」

俺たちの間には、何も始まっていない。息子の出現におろおろしていた俺が、ようやく正面から智を見られるようになったところだ。

「これからってどういうこと？」

「その、まだ何も起きていないし、疑問も明らかになってないし、普通、もうひと悶《もん》着《ちゃく》あるはずだというか……。これじゃ、起承転結の起までしか進んでいない」

俺がたどたどしく説明するのに、「うそだろう。おっさん」と智がふきだした。

「これ、小説じゃなくて現実。ただの日常なんだから、ドラマティックなことが起きなくても、終わる時は終わるんだよ」

「いや、でも」

「だいたい起承転結ってなんだよ。どうなったら結びなの？　やだよ、俺、もずくになったり林檎になったりするの」

智は収まらないようで、まだ笑っている。

確かに、智が出現するまでの二十五年間、俺には目新しいことも衝撃的なことも、ちょっとした事件さえも起こっていなかった。目を覚まし小説を書いて眠る。ただそれを繰りかえしていただけだ。起承転結の何にも当てはまらない、代わり映えのしない日々。

それでも、二十年以上の年月が過ぎている。現実とはそういうものなのだろうか。

けれども、今、智に去られては困る。もっと知るべきことが、手を伸ばすべきことがある。まだ俺は何もわかっていないのだ。

「とにかくあと少し待ってくれ」

「あんなに俺の出現に戸惑っていたのに、今は大歓迎してくれてるんだ。ありがたいけど、新しいローソンのオープン、今週の土曜日なんだよね。それまでには家に戻っておきたいしさ」

「開店日は延ばせないのか？」

「当たり前だよ。俺にそんな権限あるわけないだろう。小説家と違って、誰かと働くというのはそうそう融通利かないんだよ」

「じゃあ、せめて金曜日まで。あと二日待ってくれ」

俺が懇願するのに、智は眉をひそめた。

「いったいどうしたの？」

「頼む。十六日まではいてくれ」

「十六日に何かあるの？」

「いや、たいしたことはないんだけど、頼むよ」

「まあ、いいけど……。でも、明後日の夕方には帰るよ」

「ああ、それでいい。それでいいから、金曜日までは必ずここにいてくれ」

俺が念を押すのに、智は不思議そうな顔のままで「わかった」とうなずいた。

13

智を引き留めたものの、どうすればいいのか、自分がどうしたいのか、はっきりとはわからなかった。

智の今までの生活や俺に対する思いを聞いてみたい。それはある。智は、俺が恋人でもないのに美月と関係を持ったことも、お金を送るだけで一度も会いに行こうとしなかったことも知っている。それなのに、俺にあきれてはいるものの、憎しみや恨みというものがまったく感じられない。いったい美月はどう智を育て、俺のことをどう話していたのだろうか。

それに、これから俺たちはどんなふうになっていくのかも確かめたい。実際に会って共に生活をしたのだから、今までとは変わってくるだろう。たまに連絡を取り合ったり、何かあればかけつけたりする関係にはなっていくのだろうか。

ただ、それらの答えを手にするには、もう少し二人で共有する時間が必要だ。それなのに、智は引継ぎがあるからと昨日は掃除を終えるとローソンに行ってしまい、今日は今日で「バイトに励んでくる。笹野さん、人手不足だって嘆いてたから」と朝から出て行ってしまった。智が帰るのを二日引き延ばしたものの、俺の前にあるのは意味のない時間だけだ。

一人で考えあぐねていてもしかたがない。金曜日は家にいると智は言っていた。それなら、それまで仕事を進めておくのが良案だ。そう思いパソコンを開いてはみたが、文字は出てこない。小説の続きは、主人公亨介が自ら命を絶つ場面。最期を迎えるにあたって、メモくらい残すのがいいだろう。家族や友達に向けて、書く内容は……。だめだ。頭の中が智のことでおおわれているのだ。ここにはない世界を作る言葉など、思い浮かぶわけがなかった。

俺は智がいなくなるのが悲しいのだろうか、寂しいのだろうか。それとも、智がいなくなったこの家で暮らす自分の日々が、不安なのだろうか。いや、そうではない。今さらながら息子に何もできなかった後悔、息子に去られてしまう感傷。胸に生まれている感情は、それとはどこか違う。切なさ、焦り、虚しさ、穴が空くような心地……。どれも当てはまるようで、どれでもない。今の気持ちにぴたりとくる言葉は一つもない。現実を生きている人間の心を表現することは、不可能だ。

俺はパソコンを閉じた。暗い単語が並ぶ文章など眺める気分ではない。

一ヶ月あまり共にいただけで、こんなにも智のことが気にかかるのだ。もし、子どもの時に対面していたら、俺や智はどうなっていただろうか。

生まれたての智を抱きしめていたら、言葉を覚えていく智の声を耳にしていたら、俺の中に確固たる愛情が築けていたのだろうか。智が何かを習得する時、何かを決断する時、俺がそばにいたとしたら、智の人生も変わっていただろうか。同じ時間を過ごしていたとしたら、それぞれの生活が今とは違うものになっているのは当然だ。

俺はどうしようもない父親にしかなれなかったかもしれないが、美月一人で育てていくよりも、智の世界はわずかでも広くなっていただろう。智はどんな人間とでも近づける、垣根のないやつだ。こんな俺でも、智にとってはプラスになりえたにちがいない。

そう考えて、俺は失笑した。

俺はなんてあさはかなのだろう。目の前に現れた智は、俺に一度も会わずに育った智は、おそろしく健やかだ。それが答えだ。

美月のきっぱりとした強さは、智を、そして、きっと俺を守ってくれた。

14

金曜日、俺は開店と同時にショッピングセンターで買い物を済ませると、すぐさま家に戻った。

テーブルに並べたのは、太い黒糖かりんとうと細長いごまかりんとうに、季節限定の柚子《ゆず》かりんとう。それに、惣菜売り場で買った大量の揚げ出し豆腐だ。

「おはよう……。何これ」

昨晩遅くまでバイトに行っていた智は、十二時前にようやく起きてくると、食卓を見るなりいぶかしげな声を出した。

「おはよう。コーヒー淹れるな」

「コーヒーって、これ何ごはん？　というか、おやつなの？」

智はまだテーブルを眺めている。

「もうすぐ十二時だから昼ごはんだろう。まあ、座って」

牛乳を温めて加えたゴールドブレンドをテーブルに置き、俺は智の向かいの席に腰かけた。

「コーヒーに豆腐とかりんとう……。なんかすごいな」

「ああ、豪華だろう」

俺が自慢げに言うと、智は「なるほど」とにやりとした。

「俺の好物ばかりを用意してくれたんだね。最後の日を盛り上げてくれてるんだろうけど……。すごい組み合わせ」

「そうか？」

「そうだよ。揚げ出し豆腐をおかずにかりんとうを食べればいいのか、かりんとうを箸休めに揚げ出し豆腐を食べればいいのか。謎が深すぎる」

「そう言えばおかしいか……。人を家に招いたことも、宴席の準備をしたこともないから、よくわからなくてさ」

智が目覚める前にと急いで用意したから気にならなかったが、茶系の食べ物ばかりが並んだテーブルは地味だし、豆腐とかりんとうで食事というのも妙ではある。

「俺、招かれたわけじゃなくて勝手に来ただけだし、これ宴席じゃないよね」

智はそう言ってから、

「だけど、ひたすら好きなものだけを食べられるのは、幸せかも。父親は子どもに甘いって本当だな。お母さんならもっと栄養バランス考えるし、俺、自分でもこんな奇天烈な食事を用意する勇気ない」

と微笑んだ。

「奇天烈にしようと思ったわけではないんだが」

「十分風変りだよ。ま、わざわざ用意してくれたんだし、早く食べよ」

「ああ、いただきます」

俺たちは手を合わせると、一応おかずだからと揚げ出し豆腐から箸をつけた。

「うん、おいしい」

智は揚げ出し豆腐を口に入れると、そう言った。

「それならよかった」

カフェオレ大福の時よりは好感触のようだと安心した矢先、智は眉をひそめた。

「ただ、揚げ出し豆腐にコーヒーって、驚異的に合わないね」

「本当だ」

揚げ出し豆腐を食べてすぐコーヒーを口にした俺は、深くうなずいた。コーヒーの香りと出汁の風味で、口の中は混乱している。コーヒーは意外に相手を選ぶ飲み物のようだ。俺はすぐさまグラスに水を用意した。

「揚げ出しの味って、米、欲しくなるよね」

「豆腐とはいえ揚げてるから、口直しにさっぱりしたものも食べたい」

そう文句をつけながらも、智は揚げ出し豆腐をテンポよく口に運んだ。

「先にご飯と揚げ出し豆腐と漬物で昼食にして、後でコーヒーとかりんとうを出したらよかったんだな」

まずくはないが、揚げ出し豆腐だけを食べ続けるのはつらい。俺は早く気づかなかったことを悔やんだ。

「そうそう。おっさん鋭いじゃん」

「一度に全部出さなくても、ごはんに菓子に、二段階でもてなすといいんだ」

「おっさん、俺のこと、もてなしてくれてたんだね」

智は楽しそうに笑った。

その顔を見ていると、それで十分だった。あんなに知りたかったはずなのに、過ぎ去った日々のことを聞くのに時間を使うのはもったいないことのように思えた。どうやって今まで生きてきたのか。俺のことをどう思っていたのか。そんなことを聞いても、どうしようもない。満たされるのは、俺の好奇心だけだ。それより、二人で共有していることを話すほうがおもしろい。

「もてなしたり、感謝の意を示したりというのは、意外に難しいんだよな。こないだ大福を十個、森川さんの家に届けたんだけどさ」

森川さんに手土産を持って行った一件を話すと、智は大笑いしてくれた。

「森川さんは食欲旺盛そうだからいいとして、大家族でもなければ、食べ物を持って行くなら日持ちするものがいいんだよ」

「ああ。じゃあ、明日にでも、かりんとうを届けよう。かりんとうなら一ヶ月はもつだろうし、味の種類も多いから飽きないよな」

「おっさん、大福届けて一週間も経たないうちにかりんとうって、度々お菓子持ってこられたら怖いよ。そういうの、どこかに出たついでとかでいいんだって」

「そうか。むやみに物を贈ると、遺産を狙っていると勘違いされかねないもんな」

森川さんとは長年のつきあいでもないのに、意味もなく贈りものをするのはおかしい。不用意な行動は控えたほうがいい。俺がそう言うと、

「あのさ、どこの誰が大福とかりんとうで遺産をくれるんだよ」

と、智はまた笑った。

揚げ出し豆腐を食べ終え、俺は台所へと向かった。ぬるくなったコーヒーはかりんとうには合わない。せっかく手に入れた、かりんとうだ。最高の状態で食べなくては。熱くて渋い緑茶を淹れよう。俺が湯呑を用意している横で、智がシンクに使い終えた食器を運びだした。

「後でまとめて片付ければいいのに」

「どうせ食べるなら、いい状態で食べたいじゃん。テーブルはきれいなほうが、かりんとうおいしいよ」

智は布巾を絞りながら言った。

「そうだな」

「おっさんにしては皿も選び抜いて、かりんとうを盛り付けてるしさ」

「そういうわけではないんだが」

俺は否定しつつも、「なかなかセンスいいじゃん」と智に褒められ、顔がほころんでしまうのを隠せなかった。

熱いお茶を淹れ、テーブルを整えると、再び俺たちは席に着いた。

「かりんとうって、いろんな種類があるんだね」

「そうなんだ。これが定番の黒糖かりんとうで、こっちが一番人気のごまかりんとう。そしてこれが、冬限定の柚子風味。今日から一月までの限定販売なんだ。四国で採れた柚子を……」

俺が紹介するのに、智は「あれ」と遮った。

「もしかしてさ」

「もしかしてなんだ？」

「俺が帰るのを今日まで引き延ばしたのって、これ？」

智は柚子かりんとうをつまんだ。

「ああ。あの日、十六日から柚子かりんとうが販売されると知って予約したのに、君が帰るって言うから……」

水曜日。森川さんに大福を買った時に通りかかった店先で「柚子かりんとう、十一月十六日販売開始」の宣伝を見た俺の心は、不思議なくらい弾んだ。「毎年人気のあの柚子味が今年も販売決定です。一品一品手作りのため、数に限りがございます。お早めにお買い求めください」という説明を読むや否や、予約を申し出ていた。毎年人気の上に、丁寧に手作りをしているのだ。おいしいに決まっている。予約票に名前を書いている時には、もう、智の食べる顔が浮かんでいた。

「あ、もちろん、かりんとうだけのために引き留めたんじゃない。君がもう少しいればいいと思ったのも本当だ」

俺がそう付け加えるのを、智はにやにやしながら聞いていたかと思うと、「ちょっと待てよ。このかりんとう食べるの、すごいプレッシャーだな。絶対おいしいって言わないとだめじゃんか」と真剣な顔をした。

「いいんだ。万が一、外れた時のために定番のかりんとうも用意してあるから」

俺はそう言いつつも、智が柚子かりんとうを口に入れるのをじっと見つめた。

「あ、大丈夫。ちゃんとおいしいよ」

軽い音を立ててかりんとうをかじると、智はにこりと笑った。

「柚子の皮の苦みが利いてておいしい。うん、これはいくつでも食べられる味だ」

「そりゃよかった。新鮮な四国の柚子だけを使ってるらしいからな」

俺も一つ口に入れる。智の言葉がお世辞でないのがわかる。柚子のほろ苦さがかりんとうの優しい甘さを引き立てている。

「太いかりんとうもおいしいけど、これは上品な味だね」

「ああ」

「柚子とかみかんとか、渋みのある柑橘類《かんきつるい》の香りを嗅《か》ぐと、冬が来るって感じがするなあ」

智はお茶を飲みながら言った。柚子かりんとうを気に入ったようで、何度もつまんでいる。

「もう冬になるんだな」

智がこの家を訪れた時は秋だったのに、もうすぐ寒さも猶予のない厳しさを持ったものに変わっていくのだ。

「十二月に入ったら自治会で餅つき大会するみたいだから、おっさん、ちゃんと行くんだよ」

「それ回覧板で読んだけど、危険な大会だな」

「何が？」

「餅だよ。つきたての餅は喉に詰まりやすいだろう。高齢者が多いのに……」

「AEDと掃除機は備えておくらしいけどね」

「AED？　そこまでして実行するなんてどんな重要な大会なんだ。みんな危険を承知で、命がけで餅を食うのか？　しかも集団で」

「おおげさだな。みんなは毎年食べてるから慣れてるよ。おっさんこそ気をつけなよ。はりきってほおばらないように」

智はくすくす笑った。

「俺は大丈夫だ。餅は小さめに丸めるようにしないとな」

俺みたいな新参者が主張しても説得力がないだろうから、餅を成形する係りのそばにいて大きさを確認するしかないか。餅の危険性について、森川さんの耳にだけでも先に入れておいたほうがいいかもしれない。あの人ならみんなに注意してくれるだろう。餅つき大会の流れを思い浮かべていると、智が、

「そんなことよりさ、聞かなくていいの？」

と首をかしげた。

「何を？」

大会の日時だろうか。それならカレンダーにすでに書き込んである。

「何をって、俺を引き留めといて、かりんとうや餅の話で終わっていいのかなって」

智に顔を眺められ、「ああ、そっか。そうだよな」と俺はつぶやいた。

聞きたいことも知りたいこともたくさんあって、まだこれからだと智を引き留めた。でも、どうだろう。ただ、こうして一緒に話したり食事をしたりしたかっただけのような気もする。

「最後だし、だいたいのことは教えてあげるよ。さあ、何から話す？　生い立ち？　お母さんのこと？　おっさんについて知ってること？」

「いや、いい」

智が並べるのに、俺は静かに首を横に振った。どれも知りたい。けれど、どれも言葉で知りえるものでもない。俺がわかるように、俺が傷つかないようにと考えて、智が上手に語るそれらは真実から少しずれてしまう。

「そう？　せっかくなんだから聞いておけばいいのに。遠慮しないでよ」

智が言った。

「遠慮してるわけじゃない」

「じゃあ、どうして？　まさか興味ないとか？」

「興味はあるし、知るべきことだとも思う。けれど、小説じゃないんだから、最後だからといって、すべてが明かされるわけではないだろう」

俺がそう言うと、智は「どっかで聞いたセリフだな」と笑った。

俺は長い間、小説の中の会話しか聞いてこなかった。登場人物たちは、簡単に心の奥底の悩みを打ち明け、輝く希望を語り、打ちひしがれた嘆きをもらす。

しかし、本当はそうじゃない。胸に秘めた真実、目を向けたくない過去。心のどこかにある願い。生きるとは自分とは何かといった根底的なもの。俺たちが実際に生きている世界では、誰もそんなことをことさら語ったりはしない。日常で交わされる会話はもっと現実的だ。だけど、それらが重なっていく中で、真実が見えてくる。何も説明されなくても、智がきちんと育てられてきたことが容易にわかるように。

「なあんだ、俺、いろいろ聞かれるだろうと、頭の中でまとめてたのに」

智は「こりゃ、取り越し苦労だったな」と不服そうな声を出した。

「それなら、一つだけ聞いてもいいか？」

「いいよ。どうぞ」

「君は、どうして、今、ここに来たの？」

一ヶ月あまり智を見ていても、答えが推測できない疑問を、俺は口にした。

「今？」

「君はバイトに行くのに便利だからと言っていたけど、それがここに来た一番の理由ではないだろう？　そうなると、どうして今なのかが解せなくて。大人になってというのなら、二十歳の時か社会に出るタイミングになりそうだしな。二十五歳の十月。突然父親に会いたくなる年齢でもないだろうし、あまりに何もない時で不思議なんだ」

「どうせなら、おっさんの誕生日とかに来ればよかったかな」

「来てくれるのはいつでもいいんだけど、なぜこのタイミングなのかがどうしてもわからなくてさ」

「なるほど。改めて考えると謎めいてるな」

　智はそう言ってお茶を飲むと、

「おっさんの小説だったらどう？」

　と俺の顔を見つめた。

「小説？」

「作家だとさ、どんなふうにこの状況を結末にもってくの？」

「この状況……」

「そ。俺のこと、どんなストーリーで終わらせる？」

　智にわくわくした顔を向けられ、俺は「うーん」とうなった。もし、この設定で話を書くとしたら、どんな最後を展開するだろうか。

「どうだろう……」

「もずくや林檎に変身する以外で頼むよ」

「ああ。そうだな……、これが小説だったとしたら……、えっと、君は本当は存在しなくて、俺のもう一つの人格だったとか……」

俺は頭の中でストーリーを描きながら、ぼそぼそと言葉にした。

「何それ、どういうこと?」

「君がこの家を出た後、俺は美月に電話をかける。すると、彼女は私には子どもなんかいない。何の話をしてるのって答えるんだ。不思議に思った俺は、君を知っているはずの人物のもとを訪れる。ローソンの店長や自治会の役員とか。そこで君のことを聞いてみるんだけど、みんな一様にそんな人物は知らないと首を横に振るんだ。確かに君はここにいて一緒に過ごしたはずなのにと、家に戻った俺は鏡に映った自分を見てはっとするんだ」

「なになに?」

「そこには、いかにも青年らしい服装をした俺の姿が映っていた。そう、君そのものの格好のね」

「怖い! それ、怪談だよ。ホラーだ、ホラー」

智は身震いするまねをした。

「一人で小説を書いていた孤独な俺は、自分とは違う明朗で社会的な人格を作り上げ、いつしか自分の別人格と話をし、共に行動するようになってたってことだな」

即席にしては悪くない。一つ小説を書き上げたようで、俺は満足な気分でかりんとうをつまんだ。

「うーん。だけどさ、その結末を持ってくるなら前半部分軽すぎない？　秋祭りだローソンだってはしゃいどいて、最後は別人格って、ジャンルが不明だな」

「そっか。それなら、そうだな。俺は記憶が一ヶ月しかもたない病《やまい》で……」

「そんな都合のいい記憶喪失ってあるの？」

「その辺のリアリティは置いといて、俺の中に子どもが生まれた直後一ヶ月の感動や興奮だけが強烈に残っていて、息子に関するその他の記憶は一ヶ月経つとクリアされてしまうんだ」

「全然意味わからないけど、それで？」

「それで、二十五年間毎月、我が子と初対面を果たす。息子は年を取って成長していくんだけど、毎月俺は初めて会うように思えてしまうんだ」

智に語りながら俺は、すっかり楽しくなっていた。でたらめだけど、話を想像するのは単純に愉快だ。

「その話、突っ込みどころしかないよ。息子以外の記憶は？　息子が年を取っていくことはどう解釈してるの？　おっさん、仕事は何をしてどう生きてるの？」

「なんだろう。まあ、小説だから」

「小説だからで片付けちゃうんだ。その話だと二冊しか売れないよ。買うのは俺とおっさんだけだけね」

智はそう言って笑うと、「腹いっぱいでも食べてしまうなあ」とまたかりんとうを口にした。

「ちょっとつじつまが合わないか」

「ちょっとどころか全然だよ。おっさん、もうちょい本領発揮してよ。せめて筋が通るような話を聞かせてくれなきゃ」

「そうだな……。そうなると、妥当なところで、自分が余命一ヶ月だと知った息子が、父親に会いに行ったという感じかな」

突然父親の前に姿を見せた息子に理由をつけるとしたら、ありきたりだがそうなってしまうだろうか。死ぬことを告げられた青年が、自分のルーツを探る。初恋の相手に会い、生まれ故郷を歩き、最後は会ったことのない父親のもとを訪れる。とりあえず筋は通りそうだ。

「最悪な話だな」

さっきまではしゃいでいた智は、低い声でそうつぶやいた。

「最悪でもないんじゃないかな。自分の生まれてきた意味を知れて、青年は納得して死を迎えられるというか……」

「だいたいさ、余命一ヶ月で病院抜け出して、好きだった人に会いに行ったり、憧れの場所に出かけたりするの、よくあるけどさ、どれだけセキュリティの甘い病院？　しかもどんなパワフルな体なんだよ」

「確かにな……」

そういう現実的なことを言われると、小説は成り立たないと思いながらも、きっぱりとした智の口調に俺はうなずいた。

「おっさん、知ってる？　病気って痛いんだぜ？　苦しいんだぜ？　そんな身軽に動けるなんてめったにない」

「だろうな」

「悲しい気持ちになるだけなんだから、病気や死なんて書かなくていいじゃん。そんなの、生きてればどうしたって出くわしてしまう。架空の世界でまでそんなものに触れたくないよ」

智はそう言うと、持っていたかりんとうを皿に置いた。

「それはそうなんだが、そういうことから逃げずに書くのも小説の役割というか……。悲しみや不条理さに向き合う機会を読み手に提供するというか……」

それは答えではない。そんなわけはない。そう思いつつも、怒っているのか悲しんでいるのかわからない智の表情に、何か述べずにはいられなかった。

「悲しみや不条理さに向き合いたいやつなんているかよ。もし、そんなものに本気で触れたいなら、どこでもいい、一日でいい、いや三時間でもいいから、総合病院の小児病棟に行けばいいよ。分厚い扉の向こうからでも聞こえてくる子どもの叫び声。親ですら代わってあげたいという言葉を飲み込んでしまうくらい苦しむ子どもの様子。生きる意味を考える暇もなく生まれてすぐ機械をつけられた赤ん坊の姿。自分の人生に起きる悲しみだけでは足りない人が本当にいるのなら、すぐに病院に行けばいい。胸がちぎれそうな悲しみも、神様がいないっていう現実も、自分の無力さも嫌ってほど感じられるから」

智は絞り出すような声で、そう言った。

「あ、ああ……。そうかもな」

俺は小児病棟どころか、小児科にも行ったことがない。それでも、智の言葉に様子を思い浮かべるだけで、つらかった。誰かが、ましてや自分より若い人間が、病に苦しむ姿は想像するだけで息苦しい。

自分に無関係な人間であったとしても、誰も死んでほしくないし、苦しんでほしくない。取り立てていい人間でなくても、そう思っているはずだ。それなのに、俺の書く世界にはどうして死や苦悩が出てくるのだろう。たやすく感動を得られるし、物語を閉じるのにてっとりばやい。そんな考えがあるわけでは決してない。人の生活を書いていれば、現実の世界と同じく悲しみも巡りくる。それだけのことだ。それはそうだが、俺がいる世界と俺が書く小説には、わずかに違いがある。

俺たちは、苦しみを避けようとする。できれば悲しまなくていいようにと努める。誰かが困難を遠ざけようと手を差し伸べてくれることもある。しかし、俺が書く世界にはそれがない。

そんなことを考えていると、

「なーんて、むきになっちゃった。このかりんとう、変なもの入ってるんじゃない？」

と、智が大きく息を吸い込んでから笑って見せた。

「本当はさ、もっと単純なんだよ」

「単純……？」

「そう。ここに来た理由。おっさんの小説、ここ二作連続、主人公が最後に自殺してるだろう」

「そう言えばそうかな」

毎回ではないが、登場人物が死ぬのは俺の小説ではよくあることだ。

「で、今回始まった連載もまた死にそうだねって、お母さんと話してたんだ」

「まあな」

予想どおり、亨介は今月で命を閉じる予定だ。

「二度あることは三度ありそうだとか、まさに三度目の正直だとか、しゃべってるうちに、ちょっとやばくないかってなったんだ」

「やばい？　小説がパターン化しているということか？」

俺がまじめに聞くのに、智は「まさか」と笑った。

「おっさんの小説の書き方なんて、俺たちにはどうでもいいよ。そうじゃなくて、おっさん、もしかして死ぬ気なんじゃないかって話になったんだ。死を意識もしていない人間が、こんなにポンポン毎回、主人公殺さないだろうって。三度目に主人公が死ぬ時に、おっさん自身もって話してたら、なんだか落ち着かなくなってさ。で、お母さんとどっちかが様子見に行こうって」

「様子を見に？　俺の？」

「そう。会うまでは、小説家だから繊細で思慮深くて独創的な人間を想像しててさ。いざとなったら何するかわからないと思ったんだよね。でも、完全に取り越し苦労だった。おっさん、のんきでマイペースなんだもん。長生きするわ」

智はけらけらと笑った。

「その、つまり、俺が暗い話ばかり書いてたから、心配でここに来たということか？」

「まあね。最初は近くのコンビニでバイトしてれば、おっさんと出くわして様子もわかるだろうと思ってたのに、おっさんらしき人物、全然来ないしさ。結局家まで押しかけることになったんだよな」

「本当にそれだけでここに？」

二十五年間、一度も連絡を取り合わなかった息子が、そんなささいなことで父親に会いに来るのだろうか。万が一のことが起こらないために、自分を放っておいた父親の前に姿を現すのだろうか。

「それだけだよ。俺はおっさんの別人格でもないし、たぶん余命もまだまだある。誰かが死にそうになってて、助けるすべが自分にあるとしたら、やってみようって思うだろう。たとえ的外れだったとしてもさ。何かおかしい？」

　智はかりんとうをかじって、俺に聞いた。

「二十五年、何もなかったのに？」

「確かに今まで一度もおっさんに会う機会なかったな。おっさんの小説、どれも暗いけど、意外に主人公が続けては死んでなかったんだね」

「たったそれだけで、ここまで……」

　何度考えてみても、不思議だった。俺は病気でもなければ、死のうともしていないし、遺書を送りつけたわけでもない。智は小説を読んだだけで、俺を案じてここまで来たのだ。もし反対ならば、俺は智のもとへ行っていただろうか。

「ねえ、おっさん、目の前でばあさんがこけそうになってたらどうする？」

「そりゃ、支えようとするけど」

「だろ。誰かが危ない目に遭いそうなら、そこに向かおうとするのはそれほど珍しいことじゃない」

「そうだろうか」

「そうだよ。現実の世界は小説よりもずっと善意に満ちている。ま、今回は俺の勘違いだったけどね」

智はそう言うと、「この太いかりんとう食べ切るには、もっと渋いお茶がいるね」と席を立った。

智が死のうとしているのなら、俺だって止めに行くだろう。それぐらいの行動力はあるはずだ。だが、俺は気づくだろうか。智や美月が小説を読み、俺の状況を思い描いたように、智の心を感じとることができるのだろうか。

二十年間送られてきた二百四十一枚の写真。智の姿に励まされることはあっても、そこに写る智の背景に心を向けたことは一度もなかった。

「はい、お茶。かりんとうって、だんだん重くなってくるよね。ちょっと、おっさんもしっかり食べてよ」

「ああ、そうだな」

智に「ほら」と渡され、俺はかりんとうを口に放り込んだ。

五時を前にした空はすでに色を落とし、ひっそりとした夜が迫っていた。

送っていくという俺の申し出を、智は「小説じゃないんだから、駅で手を振って別れるとかないよ。ここでいい」と玄関で断った。

「いや、でも」

「でも、って、おっさん、車ないし、送るとしても徒歩だろう？　それなら一人で歩くのと一緒だから」

「そっか。最後くらいと思ったんだが、すまない。何もできなくて」

駅まで送るすべもなければ、智が一ヶ月もいたのに、たいして喜ばせることもできなかった。改めて振り返って、俺は頭を下げた。

「鍋もかりんとうも、ごちそうしてくれたじゃん」

「そうだけど、どこかに連れていったりするべきだったよな」

「俺、もう二十五歳だよ。小学生が夏休みにホームステイに来たわけじゃないんだから。そんなの、いいって。それに、おっさんに拒否されなかっただけで十分。血がつながっているだけなのに、会ったこともない息子を受け入れてくれたんだから」

「そうなのかな……」

俺は二十五年間、智に何もしてこなかった。そして、この一ヶ月も同様だ。目の前に息子がいたというのに、さして変わらぬ日々を送っていた。自分の愚かさに気づくのは、いつも終わりを迎えてからで、そのただ中にいる時にはまるでわからない。

「おっさん、しんみりした顔しないで。元の生活に戻るだけなんだから。また自分のペースで小説書けるよ。あ、俺がいても、おっさん、マイペースだったか」

智はそう言って笑った。いつまでも見ていられそうな何の思惑もない、からっとした笑顔だ。

「いや、元に戻るわけじゃない。君と会ったことがなかった俺と、今の俺とはちがう」

俺は笑わずに答えた。明日から笑い声など立つことのない日々が待っている。静まった時間を想像すると、気持ちも体もどこかに沈んでいくようだった。

「元どおりになるものなど一つもない。しかし、それは決して不幸なことではない。だろう？」

「笹野幾太郎さんの言葉か？」

「いや。なじみの患者に悪評を流されつつもなんだかんだと手を尽くして立ち直ろうとした医者の言葉。じゃあ、俺、ついでにローソンに顔出してから帰るわ。寒くなるから、おっさん、気をつけて」

「君もな」

「ほいじゃね」

あまりに軽く手を振ってドアを開ける智に、俺の喉の奥で待機していた言葉はどれも間に合わなかった。

「また来るんだよな」

「元気でいてくれよ」

「連絡くらいしてくれ」

それらは形になる前に消え、かろうじて声になったのは「ああ、また」。それだけで、俺は前の通りを歩いていく智の背中を見送っていた。

15

翌日、目が覚めると、想像したよりもはるかに静かな朝が待っていた。古い建具や階段がきしむ音、窓にあたる風の音。そんな微かな物音さえも明確に聞こえるくらいに、この家は静寂に満ちていたのだと知った。

ここで生活をしていたとはいえ、智はバイトで不在のことも多かった。けれども、そこに帰る人がいるのといないのとでは、まったく違う。家の中の空気、におい、温度。目に見えないそれらは、完全に滞っている。智が用意してくれるのと同じように淹れたコーヒーもおいしくない。

静かなのはいいことだ。仕事をするのにはうってつけじゃないか。そう思ってはみても、どんより重い空虚感に引っ張られ、体も頭もうまく機能しそうになかった。

疲れているのだろう。今まで二十五年間一人でいたのに、突然息子が現れ、ペースも体調も崩れているにちがいない。眠ろう。何もする気にならないのだから、寝るしかない。締め切りが少々気にはなるが、まあいい。パソコンを開いたところで、きっと言葉は出てこない。

寝室に戻りベッドに横たわった俺は、そのままあっけなく眠りに落ち、次に目を覚ますと夕方だった。寝たからといって、疲れが取れたわけでも力が満ちたわけでもなく、頭は朝よりさらにぼやけ、気力も抜け落ちていた。

もうすぐ夜だ。何もしないまま一日は終わりを迎えようとしているが、眠る以外にすることも思いつかない。味気ないコーヒーを一杯飲んで、俺は再び眠りについた。

夢を見ているような、考え事をしているような、眠っているのか目覚めているのか不確かな状態のまま翌朝となった。

また、同じ朝がやってきた。昨日との違いが何ひとつない朝。そうだった。俺の毎日は、カレンダーを確認しないといつなのかわからない単調な日々を、繰りかえすだけだ。

寝てばかりいたせいで、体はよけいに重い。もう一度布団をかぶろうとして、俺は頭を軽く振った。

「おっさん、正真正銘の引きこもりになったんだね」と笑う智の姿が浮かんだのだ。少しでも外に出たほうがいい。体も頭も、動かしておかないとなまる一方だ。

俺はすっきり目を覚まそうと、勢いをつけてカーテンを開けた。だが、窓の外にあるのは水分を含んだ雲が広がる灰色の空だ。俺の本の装丁と同じ色。せめて天気くらい俺に弾みをつけてくれないものだろうか。これでは、出かける気になどなるわけがない。

かすかに起こった気力が閉ざされ、俺がベッドに戻ろうとすると、チャイムが鳴った。

「あ、わしです。朝早くすまんね」

慌てて出たインターホン越しに聞こえる声に、俺は笑いが込み上げた。

身内でもないのに、朝八時前にやってくるおおらかな森川さんに。その声や口調で相手が森川さんだとわかる自分に。そして、何より心をくすぐったのは、森川さんが俺を「わしです」で伝わる相手だと、みなしてくれたことだ。

「昨日は風呂に入ってないし、今日はまだ顔も洗ってないんですけど」

俺も大胆にパジャマに寝癖だらけの格好で、玄関のドアを開けた。

「ああ、ああ。十分十分。これ、今できたからさ。母ちゃんが作ったんだけど」

森川さんはそう言って、大きな瓶を差し出した。

「なんですか？」

受け取ったずしりと重い瓶の中身は、黄色い皮がたくさん入ったジャムのようだ。

「柚子だよ。今年はよく採れて、母ちゃんがジャムにしたんだ」

「はあ……ずいぶん、たくさんですね」

こんなに大量のジャム、パンを食べる習慣がないのにどうやって消費しようかと考えていると、

「柚子茶にしたら、あっという間になくなるよ。風邪の予防にもなるし、頭もすっきりする」

と、森川さんが言った。

「柚子茶？」

柚子のジャムすら初めて見たというのに、聞いたことのない飲み物が出てきて俺は首をかしげた。

「柚子茶だよ。このジャムをお湯にといて飲めば、おいしいからさ」

「ジャムをお湯に……。茶葉はいつ入れるんでしょう？」

俺が聞くのに、森川さんは「いやあ、参った。上がっていいかい？」と、玄関で靴を脱いだ。

「散らかってますけど」

俺が床の上の物をよける間もなく、森川さんは「うちよりうんときれいだよ」と台所

まで進んでいくと、「湯呑出してくれ」と言った。

「あ、はい」

「これに、スプーン二杯くらいかな、こうしてジャムを入れるんだ」

森川さんは引き出しを探ってスプーンを取り出し、ジャムを湯呑に入れた。その途端、懐かしさを含むさわやかな香りが広がった。

「うわ、いいにおいですね」

「だろ。で、ここにポットの湯を入れて、かき混ぜる。それだけ。はい、できあがり。まあ、飲んでみなさいな」

森川さんに勧められ、俺は突っ立ったままで湯呑に口をつけた。

なんだろう、これは。甘くてほろ苦くて、酸味があるのに穏やかだ。体の奥まで染みわたるゆったりとした味。お茶とはまるで違うけれど、ジュースでもない、優しい飲み物。

「おいしいです。すごく」

俺が素直に感想を言うのに、

「皮もおいしいからスプーンですくって食べてな」

と、森川さんは満足げな顔を見せた。

「本当だ。この皮、初めて食べるのに、体が欲していたような味です」

「気に入ってもらってよかったよ。どんどん飲んでくれ。ジャムがなくなったら、またいくらでも作るから」

森川さんは俺が柚子茶を飲み干すのを見届けると、

「朝から押しかけてすまなかったな」

と、玄関へと引き返していった。

「ありがとうございました」

「いやいや。年寄りが道楽で作ってるものを押し付けるのは迷惑かとは思ったんだけど、柚子茶おいしいからさ。母ちゃんも持ってけってうるさく言うもんだから」

「わざわざすみません」

「じゃあ、またな」

朝早くからやってきて、ただ柚子茶を作って帰っていく森川さんの背中に、俺は静かに一礼した。

小説の主人公が死んでばかりだからと連絡も取っていなかった息子がやってきて、ジャムを作ったからと近所のおじいさんがやってくる。俺みたいな人間の家にも、たやすく人は訪れるのだ。スリッパくらい用意したほうがいいのかもしれない。殺風景な玄関に、俺はそう思った。

森川さんが帰った後、あまりのおいしさに三杯も飲んだ柚子茶のおかげだろうか。森川さんといくつか言葉を交わしているうちに、頭がさえてきたのだろうか。ようやく新しい空気が俺の中に巡り始め、パソコンを開くと、言葉はあふれるようにつむぎだされた。連載九回目。死を決意した亨介は部屋で一人手紙をしたためる。誰あてということはない。ただ死を選択した理由を書き連ねるだけだ。

*

文章にしながら過ぎた日を振り返ると、よぎるのは後悔だ。もっと家族と密に連絡を取っておけばよかった。普段から友人と話をしておけばよかった。そうすれば俺は、まだ生きようとしていただろう。わずかながらでも、希望を手にしていただろう。そんな思いを抑えながら亨介が手紙を書いていると、チャイムが鳴った。
どうせ新聞の勧誘か何かのセールスだ。死を前にしている時に、なんなんだ。いや、相手からしてみれば、俺の死など関係ない。仕事をしているだけのことだ。最後に言葉を交わす相手が、無関係の人間だとは俺らしい。冷笑を浮かべながら、繰りかえされるチャイムに亨介が渋々扉を開けると、そこに立っていたのは、よく行くコンビニの店員だった。

「さっき、兄ちゃん、うちの店で買い物して、ほら、忘れただろう」

初老の店員は、財布を亨介に差し出した。手紙を入れる封筒を買った時に店に置き忘れたらしい。死ねば、金もカードも必要ない。そのせいか、財布にすら注意を払っていなかったようだ。

「すみません。あれ？　どうして家が？」

「財布の中の免許証。よく来てくれるから近所なんだろうとは思ったんだけど、さすがに家まではわからなくて。勝手に見せてもらったよ」

店員はそう言うと、「あとこれも」と亨介にビニール袋を押し付けた。

「何ですか？」

受け取った袋にはポカリスエットが三本入っている。

「ここんとこ兄ちゃん、なんだか顔色悪いからさ。風邪でも引いてるのかと思って。ま、ついでだから」

店員はそう言うと、「じゃあ」と亨介に背中を向けた。

ポカリか。幼い時、体調を崩すとおふくろがよく飲ませてくれた。中学の体育祭で、友達が分けてくれたこともあった。高校のバレー部の試合で差し入れされるのは、たいていポカリだった。自分で買ったことは一度もない飲み物。しかし、この味を俺はよく知っている。「大丈夫?」「元気出して」「がんばれよ」。そして、この飲み物に添えられていた言葉を、俺は覚えている。

ポカリスエットを飲み干すと同時に、亨介は手紙を破り捨てていた。

*

中断することなく一息に書き終えると、俺は思いっきり伸びをした。迷うことなく書ききったせいか、頭も心も軽い。

けれど、こんな話、俺らしくないと、編集者に却下されるだろうか。現実はそんなに甘くないと笑われるだろうか。

死を選ぶ人間がいるほど、現実は厳しい。残念だが、それは事実だ。でも、人は誰かに手を差し伸べ、その手に触れることで救われることもある。

人間の本質を、心の奥底にある苦悩を描いているなどと的外れな称賛を贈られ、俺は故意に闇を作り出してきた。そして、この部屋で誰とも会わず、誰とも話をせず、書いているうちに、それが俺が作る真実になっていた。だけど、俺は知っている。目の前にある世界は、もっと明るく優しいものであることを。編集者に否定されたとしても、これ以上現実からかけ離れたものを書くわけにはいかない。

来月執筆予定の結末はまるで変わってしまうが、まあいい。俺は大きく深呼吸をすると、出版社に原稿をメールで送信した。

了承されるかはさておき、仕事はひとまず終了だ。一日目にして最良の作り方をマスターした柚子茶を飲んでくつろいでいると、メールの着信音が聞こえた。原稿を送ってから一時間も経っていない。いつも返信が来るのは翌日なのに、目を通した編集者が慌てて、書きなおすようにと指示を送ってきたのだろう。

そう思いながらメールを開くと、

【最近パターン化していたので、心配でしたが、すごくいいと思います。ゲラにして来週中に送ります】

とあった。

これでよかったんだ。この文章が受け入れられたんだ。そうほっとすると同時に、俺はお腹が猛烈にすいていることに気づいた。もう夕方だ。

昨日は一日寝ていたし、今日は柚子茶だけで仕事をした。胃の中は空に等しい。何か食べたい。それもしっかりとした味の物を。そうだ、あれだ。好物を買いに行くとするか。

俺はジャンパーを着込んで財布をポケットに突っ込むと、勢いよく外へと踏み出した。

四時過ぎの穏やかな西日が、住宅街を包んでいる。寒さがほんの少し和らぐような柔らかな光。かすかに漏れる音やにおいで、通り過ぎる家々が夕飯の支度にお風呂の準備に、夜に向けて備えているのがわかる。賑やかで温かい、いい時間だ。

「ああ、親父さん、元気かい？　こっちは智が新しい店に移ってしまって困ってるよ」

ローソンの店内に入ると、笹野さんがそう声をかけてきた。

「あ、えっと、その節は息子がお世話になりました」

「いやいや。こっちは大助かりだったよ。からあげクンかい？」

礼を言う俺に首を横に振ると、笹野さんはそう聞いた。

「はあ、まあ、そうなんですけど。どうしてわかったんですか？」

「親父さんが好きだって、よく智が言ってたからさ。よし、一パックおまけだ」

笹野さんは「内緒だよ」と笑った。

「いいんでしょうか？」

「いいっていいって。早く帰って温かいうちに食べな」

「ありがとうございます」

小さなレジ袋を受け取ると、俺は帰り道を急いだ。

誰かと近づけば、傷つくことも傷つけてしまうこともある。自分のペースどおりに進めないし、何気ない相手のふるまいに不安に駆られることもある。自分がどう思われているのかが気にかかり、それと同時に誰も俺なんか見ていないんだと自意識の強さに恥ずかしくなる。自分の価値がどれくらいなのか無意味なことばかりうかがっては、優越感や劣等感に襲われる。

一人で過ごしていれば、そういう醜いものすべてを切り捨てられる。ストレスも嫌らしい感情も生まれない心は、きれいで穏やかだ。しかし、こんなふうにうれしい気持ちになることは、一人では起こらない。

一パック余分に入ったからあげクン。それだけで、どうしてこんなに心弾むのだろう。テーブルに並ぶのは、からあげクンと柚子茶。栄養も見た目のバランスもない、好きなものだけの食卓。俺は息子だけでなく、自分にも甘いようだ。

「よし、食べるとするか」

俺は手を合わせると、さっそくからあげクンをほおばった。

16

翌日は、久しぶりにきっぱりとした晴れとなった。雲はなく、薄い青を精一杯に広げた空。

原稿を出版社に送った後、ゲラが送られてくるまでは、仕事から離れられる時間だ。時計はまだ十時過ぎ。さて、何をしようか。

仕事を終えた充実感と晴れやかな空。それに、朝から飲んだ柚子茶のおかげで、体のどこにも重みはない。せっかくだ、出かけるとしようか。ローソン、駅前のショッピングセンター。思い浮かぶ行き先は半径三キロ圏内ばかり。自分の行動範囲の狭さにあきれてしまう。いや、本当は行きたい場所があるはずだ。どうして今まで一度も行こうという考えに及ばなかったのだろうか。なんとなく疎遠になったまま、それが当たり前になってしまった場所。智と同じく、二十年以上を隔てた今、俺も自分の親に会ってみたかった。

俺の住まいからバスで駅に出て、二十分ほど電車に乗り、特急に乗り換え一時間。特急は停まるものの、利用する人は少ない小さな駅。そこからタクシーを使えば、十分少しで実家だ。二時間もかからずたどりつける場所なのに、ずいぶん遠ざかってしまっていた。

大学入学と同時に、俺は家を出て一人暮らしを始めた。最後に実家に帰ったのは大学の卒業式の前。それ以来、二十八年、両親に会っていない。最初のころ母親から一方的に来ていたはがきや電話も、二十年近く途絶えている。今では年に一度、姉から届く年賀状で両親が元気であることを知るだけで、会わないことにも音信不通になっていることにも、完全に慣れてしまっている。

今年で父親は八十歳、母親は七十八歳になったはずだ。大人が年老いていくだけだから、さほど変化はないにしても、いい年だ。親父の定年後、暮らしぶりはどうだろう。

タクシーの車窓から見える景色は、二十八年前とそれほど変わっていない。駅から広がる、畑も住居も店もいっしょくたにある古い町並みは、空き地が少し増えた程度で昔のままだ。小学生の時よく遊んだ同級生の家も、中学時代通った本屋も同じ場所に同じ姿で立っている。

「あ、ここで」

俺は実家の前でタクシーから降りると、家を見渡した。黒い瓦屋根に灰色の塀。入り口に植えられた花水木。傷みや錆がところどころに見られるが、住んでいたころと何も変わらない。ただ、立派に見えていた家は、今暮らす俺の住まいより一回り小さい。この程度の大きさだったのかと妙なことを思い知った。

さて、どうするか。玄関のチャイムを前にして、俺の指はぴたりと止まった。電車を乗り継ぐだけだから、ここまでは勢いでやってこれた。しかし、実際に親と会うとなると、敷居が高い。二十八年は、ずいぶんな年月だ。

突然の訪問に、親父もおふくろも驚くだろう。いったいなんだといぶかしがるだろうし、何か起こったのかと慌てるかもしれない。俺の不義理を許していないだろうし、そもそも年を取った姿に、息子だとすぐに気づくだろうか。小説を書くことを仕事にしていること、未だに一人で暮らしていること、子どもがいること。俺は何も自分のことを伝えていない。そして、同じく親を気遣うこともしてこなかった。「今さらなんだ」、その一言で片付けられても、しかたがない。

「おっさんに拒否されなかっただけで十分。血がつながっているだけなのに、会ったこともない息子を受け入れてくれたんだから」

実家を前に不安材料しかない俺は、帰り際にそう言っていた智を思い出した。

親父とおふくろは俺と血がつながっているだけでなく、大人になるまで育ててくれた。

俺たちは十八年を共に過ごしたのだ。智と違って俺はいい息子とは言えないが、まさか拒絶はされないだろう。ここまで来て、躊躇しても始まらない。俺は思い切ってチャイムを押した。

「なんとまあ、正吉じゃないか」

俺だとわかってもらえるだろうかという心配は杞憂《きゆう》で、出てきたおふくろはすぐさま俺の名を呼んだ。

「いや、久しぶりで……」

あまりにも動じないおふくろに、かえって戸惑っていると、

「まあまあ、早く上がってよ。お父さん、正吉が帰ってきたよ」

と、おふくろは中に向かって大きな声を張り上げた。

「おお、正吉。なんとまあ、ずいぶん久しぶりじゃないか。いや、すまんすまん、ここんとこ腰が痛くて思うように動けなくて」

親父は玄関まで出てくると、目を細めて俺の顔を眺めた。

親父もおふくろと同様、突然俺が来たことに驚きはあるものの、想像していた反応とはまるで違う。

「連絡してくれりゃ、よかったのにさ。まあゆっくりしていきなよ」

「あ、ああ」

年を取ると自分の身に起こることに、こんなにも鷹揚《おうよう》でいられるのだろうか。俺は親父に促されるまま、和室へと入った。この家で一番大きな部屋。畳は張り替えたようだけど、背の高い本棚も木目がはっきりした欅《けやき》のテーブルも昔と変わらずにある。

「来るって知っていれば何か用意したのに。お昼ごはんは？　うどんでも作ろうか？」

七十八歳になるおふくろは、近くで見れば年は取っているが、背筋もしゃんと伸び、こまごま動く姿やきっぱりした口調は以前と一緒だ。

「いや……、いい。お腹すいてないから」

俺は軽く首を横に振った。

二十八年ぶりに帰ってきたことを、連絡すら取っていないことを、親父もおふくろも忘れているのだろうか。年を取り、二人とも穏やかになっているとしても、これほど自然に俺を受け入れてしまえるものなのだろうか。

「ずいぶん、間が空いてしまって……」

俺がそう言うのに、

「突っ立ってないで座りなさいよ」

と、おふくろはテーブルにお茶を並べながら言った。

「ああ」

俺は鞄を部屋の隅に置くと腰を下ろした。

「お前もすっかり親父だな」

向かいに座った親父は俺の姿をしみじみと見つめている。

「えっと……、元気だった？」

「見てのとおり。腰が痛い程度で、まだボケてもないし、元気にやってるよ。頭は白髪だらけだけどな」

親父はすっかり白くなった頭を指さして笑うと、

「ご近所さんにもらった、せんべいがあるんだ。お前が好きだったやつ。食うだろう？」

と缶のふたを開けた。

親父もおふくろも、つい一ヶ月前にでも俺と会ったような出迎え方だ。咎められないのに安心はしたが、このままこの空気に飲まれてしまうのも居心地が悪かった。二十八年という時間はなおざりにしていい長さではない。

「二十八年連絡もしないままで、今さら帰ってきて、なんだか申し訳ない」

俺は不義理にしていたことを詫び、頭を下げた。

すると、饅頭を載せた皿を俺の前に置いたおふくろは、

「二十八年？　そんなに会っていなかったんだっけ」

と首をかしげた。

「そう言われれば、そうか。最後に見た正吉は大学生だったからな。ずいぶん経つんだな」

親父も年を数えて「すごいもんだ」と感心した。

二人にとって、二十八年はそんなにも軽いものなのだろうか。俺がどんな状況にいるか心配したり、俺の身勝手さに怒りを感じたりすることはなかったのだろうか。それとも、あまりの年月の長さに俺はいないも同然になっていたのだろうか。俺が疑問に思っていると、

「ほら、いつも美月ちゃんからお前の話聞いてるから、久しぶりの気がしなくて」

と、おふくろが言った。

「美月ちゃん？」

「ああ。美月ちゃん、話し上手だから正吉とも会ってるような感覚に陥ってたんだな。まあ、わしらにしたら、嫁と孫が元気だったら、それでよしだからさ」

親父もそう付け加えた。

「美月ちゃんって？」

「美月ちゃんって、美月さんのことだよ。あんたはなんて呼んでるの？」

俺が聞き返すのに、おふくろは眉をひそめた。

「いや、その美月って、あの美月のこと？」

「あの美月ってなんだ？　美月ちゃんがいつも言うように、作家って変わってるんだなあ」

親父はそう笑った。

美月はここに来ていたのだ。親父やおふくろが自然に名前を口にするくらいだから、それも一度や二度じゃない。いったい何のために、何をしに、いつから？

「……美月はなんて？　どうして？」

どこからか風が流れ込む古い家は、ひんやりと寒い。俺は一口お茶を飲んでから、そう聞いた。心臓の奥のほうは揺れ始めている。

「どうしてって？」

「いや、ここで何をしてたんだろうと思って……」

「あんた何も知らないの？」

「ああ、まあ、細かいことは……。美月はいつからここに？」

「本当、美月ちゃんの言うとおりの暮らしぶりなんだね」

俺が質問を並べるのに、おふくろはあきれた顔を見せてから、美月のことを話しだした。

美月は智が五歳になったころから月に一度、この家を訪れるようになった。最初、親父もおふくろも驚きはしたが、俺にそっくりな智と、美月の明朗な性格に、すぐに受け入れられたという。美月はいつもたわいもないことをあれこれ話して夕飯を食べて帰っていく。それだけだ。智が大人になってからは二、三ヶ月に一度になったが、今でも二人でここにやってくるらしい。

「美月ちゃん、あんたの仕事が特殊だから、籍も入れてないし、一緒にも暮らしてないし、ほとんど会うこともないと話していたけど、想像以上にあんたは我関せずなんだね。美月ちゃんに、この関係が大事だし、仕事に差し障っちゃいけないから、あんたには何も言わないでってうるさく釘を刺されて黙ってはいたけど、私だったら、そんな生活嫌だわ」

おふくろは大きなため息をついた。

「美月は、どんなことを話してた?」

「どんなことって、わしらが話すのなんて智のことばかりだよ。孫の話ってなんでも楽しいからさ。この年になると、息子より孫」

親父は陽気に言った。

「月に一度、智に会うのが楽しみだからね。孫は目に入れても痛くないって本当。しかも、智のかわいいことと言ったら……」

おふくろはそう言ってから「こんなこと言ったら、ばあちゃん、俺もう大人だからって、また智に笑われるね」と肩をすくめた。

「で、俺のことは……？　なんて？」

智がかわいいのはわかる。今ですら、ああなのだ。子どものころの智と一緒にいたら楽しくてしかたがないだろう。だけど、美月や親父たちの間で俺の存在はどうなってい たのだろうか。美月にとって、俺は許せない人物ではなかったのだろうか。

「正吉の話は、ほとんど仕事のことかな。今度はこんな話を連載してますとかさ。最初はわしらもお前の書いた小説を読んでたけど、難しくて。七、八冊目くらいからは、美月ちゃんの教えてくれるあらすじを聞いて、内容を知った感じだ」

親父はそう言った。

二十年もの間、月に一度俺の実家に来て、恨みつらみを話すでもなく、ただ時間を過ごしていただなんて。

美月の目的は何だ？　俺が養育費を送らなくなった時の保険？　親に俺のことをいつ

か訴えるため？　いや、そんなくだらない理由ではない。

美月は、孫の存在が、俺に出て行かれた親父やおふくろにとって大きな喜びになることを知っていたはずだ。それに、智に少しでも多く家族の存在を与えようと努めたにちがいない。もしかしたら、いつか俺がここに戻る時、完全に離れた場所にならないようにと……。二百四十一枚の写真と一緒。俺がすべてのものから切り離されないように、かすかな糸を巡らしてくれていたのかもしれない。

「俺のこと、どう思ってたんだろう」

俺がぼそりとつぶやくと、

「おかしな子だね。今さら美月ちゃんの評価が気になるの？　嫁も子どもも置いて一人で仕事してるだなんてとんでもないって私は思うけどさ、美月ちゃんは、あんたがデビューした時から大ファンだから、小説読めるだけで十分ってよく言ってるよ」

と、おふくろが答え、

「こんな家庭環境でいいのだろうかと心配はしたけど、智があんなに素直に育ってるんだから正解だったんだな」

と、親父もうなずいた。

「智、ああ、そうだな」

智が素直に育っていることには、異論はない。

「お前にそっくりだ」

「そうだろうか……」

「そうさ。お前と一緒で本ばかり読んでさ。この子まで作家になったら困ると、美月ちゃんと話してたぐらいだよ。まあ、本好きが高じて、国語教師になったんだろうな」

親父が言うのに、俺は「国語教師？」と聞き返した。

「うそだろう。あんた、そんなことも知らないの？」

おふくろは、「本当に嫌になるね」と頭を抱えた。

「でも、ローソンで……」

「それは最近の話だよ。智が中学校に勤めてすぐ担任持ったクラスで、生徒さん亡くなっただろう？　もともと病気で入院していた子だったらしいけど。智、その後ずっと塞《ふさ》ぎがちでそのまま教師も辞めて家にこもってしまってさ。ここにもやっと来るぐらいで、引きこもりも同然だって美月ちゃん悩んでた。どうなるかとみんな心配してたけど、一年くらい前からかな。少しずつバイト始めたみたいだよ」

「そうだったんだ……」

体育館を片付ける手際のよさも、自治会や地域の仕組みをよく知っているのも、学校に勤務していたからだったのだろう。

小児病棟のことを悲愴《ひそう》な顔で話していた智。秋祭りで子どもの相手を嬉しそうにしていた智。俺は智のことも、美月のことも、あまりにも知らない。

「そうだったんだって、まさか知らなかったのかい？　美月ちゃん、余計なことを伝えると仕事に影響出るから何も言わないとは言ってたけどさ……。それでも、感じるだろう？　息子がどんな状況にあるかぐらい、一緒に住んでなくたってわかるだろう」

おふくろの鋭い声が響いた。

それを感じとれないのが、それがわからないのが、俺だ。会っていなかったのだから知りようがなかったのではない。俺は知ろうとも、気持ちを向けようともしてこなかった。養育費を渡すだけで済ませていたことを、気に留めたことはなかった。そんな自分にぞっとする。

「正吉がのんきでマイペースなのは昔からだからな。智ならまた何かするんじゃないか。元気で笑っていてくれたら、何をしててもいいけどさ。本当、いい子に育った。お前の最高傑作は息子だな」

親父は空気を変えるように軽やかな声で言ったが、俺は「何もしていないんだ」と首を横に振った。智は、俺の傑作ではない。

「男親はそういうところあるからな。実は俺もだ」

親父はそう笑ったが、俺とはちがう。俺は本当に何もしていないのだ。誕生を喜ぶことも、成長を見守ることも、悲しみを和らげようとすることも、そのどれも手放していた。

「そうじゃないんだ……。俺は、本当に何も」

「いいじゃないか。智はお前の小説を読んで育ったんだから。これこそ、親父の背中を見て育つってやつだろう」

親父は静かに言った。

「あんな暗い小説で……」

俺は開きかけたものの食べる気がしない饅頭の包みを、そっと閉じた。今は何も喉を通りそうにない。

「確かに、あんたの小説、読みづらいし辛気《しんき》くさいけど、でも、かすかに希望があるじゃない。私はけっこう好きだよ」

「そうだろうか？」

おふくろが言ってくれるのに、俺は首をかしげた。俺の書く作品に希望などあっただろうか。暗闇の底で蠢《うごめ》く出口のない物語がほとんどだ。

「美月ちゃんが聞かせてくれるあらすじは、暗いけど、いつもどこかに光があってさ。聞いてよかったって思うものばかりだったよ。あんたそのものみたいで」

「ああ、そうだな。作品にはどこかしら書き手が出てくるもんなんだな。小説を読めば、正吉の考えてることがわかりそうな気になる」

おふくろや親父が言うのに、待ってくれと、叫びたくなった。

俺はまだ本当に書きたいものを書いていない。小説ににじみ出ているのは本当の俺ではない。行間から無理やりかすかな希望を引っ張り出さなくたっていい、言葉の意味を光に満ちたものにすり合わせなくたっていい、そんな小説を、読んでもらいたい。

「なんだかんだ言ってもさ、智の名前、お前の小説から付けたんだろう？　ずいぶん思いをこめたんじゃないか」

親父はそう言った。

「小説から？」

「美月ちゃん、そう言ってたけど」

「小説……」

俺はすぐさま本棚の前に立った。俺の書いた作品が発行日順に並んでいる。

「全部そろえてるんだよ。駅前の本屋に予約してね」

おふくろの言葉に、「ありがとう」と礼を述べながら、本を手に取った。

デビュー作。主人公の名は優作《ゆうさく》で恋人の名は香奈《かな》。他の登場人物も智ではない。ここから名前を導き出したわけではなさそうだ。

二作目は『きみを知る日』。

智は「この小説は俺のルーツみたいなとこあるから、気に入ってるんだ」と言っていた。さっきより丁寧に目を通す。主人公の名前はカケル。登場人物はサチにノゾミにソウタ……。ページをめくっても智という名前は出てこない。違う。そこじゃない。俺は本を閉じて表紙を見つめた。息子の名前は、タイトルに出てくる漢字を合わせると、できあがる。

「俺、行く所思い出したよ」

俺が鞄を手にするのを、

「突然来たと思ったらどうしたんだい？」

と、おふくろが顔をしかめた。

「またすぐに来るから」

そうだ。ここはいつでも来られる場所だ。気づいたら、行かなくては。

明日がもっとすばらしいことをきみはぼくに教えてくれた。今日はきっときみを知る日になる。

俺は扉を開けると、通りへと駆けだした。

＊

四月二十八日、日曜日。六時過ぎのゆったりとした夕日が窓から流れ込んでくる。

テーブルに並べたのは、森川さんからもらったあさりの炊き込みご飯と、山浦《やまうら》さんが広島旅行で買ってきてくれた穴子寿司。それに、三好《みよし》さんの奥さんが初挑戦したというパエリアだ。智は「米ばかりじゃん」と眉をひそめるだろうが、しかたない。春はきっとそういうものなのだ。

森川さんの奥さんが作ってくれた、手縫いのランチョンマットを敷いた上に、武田《たけだ》さんが陶芸教室で作ったという湯呑を置く。みんなの好みが違うから、テーブルの上は統一感がない。そろそろ智に断り方というものを教えてもらわないと、俺の家は収拾がつかなくなりそうだ。

時計は六時十五分。もうすぐだなと玄関に向かう途中でチャイムが鳴った。

「夕飯は何もいらないって、おっさん言ってたから、からあげクンだけ買ってきたよ」

と、智は入ってくるなり見慣れたレジ袋を俺に押し付け、

「大事なものだからなくさないうちに、先に返しておくね」

と、美月は封筒を丁寧に差し出した。

「あ、ああ。えっと、その、どうぞ……」

封筒とからあげクンを手に俺が中に招くのを、二人はくすくす笑いながらダイニングへと向かった。

四回目になるのに、玄関先でのこの瞬間はまったく慣れない。「こんばんは」というのも空々しいし、「ようこそ」なんておおげさだ。なんだかんだと迷いながら、結局、いつもたいした言葉も発せず迎え入れることになってしまう。

「うわ。めちゃくちゃ豪華じゃん」

テーブルを見た智が声を上げ、「本当だ。すごいじゃない」と美月も感心した。

「だろう。さあ、座って。……で、小説、どうだった?」

二人に食卓に着くよう勧めるのと同時に俺が聞くと、智は眉間にしわを寄せた。

「いつも言うけど、最初にそれ?　元気なのかとか、最近仕事はどうだとか、まずはこの一ヶ月の近況聞くのが普通だろう」

「でも、先に気になることを片付けておかないと、落ち着かなくて」

「そりゃそうだよね。えっと、まあ、よかったよ」

美月は先月と同じ感想を言うと、「少しずつ家の中、華やかになっていってるね」と部屋を見回した。

「智はどうだった？　今回の話は智と同じ世代の若者が主人公だから、思うところもあるんじゃないかな」

美月の感想は優しすぎる。俺は智に質問を向けた。

「あれ、そうだったっけ？　だけど、俺、今月、忙しくて読んでないんだよねー。って、おっさん、よく見たら、夕飯米ばっかじゃん」

「ああ。って、智は先月読んで、続きが気にならなかったのか」

読まないなどという選択肢があるんだ。どうやら俺はショックを受けたようで、声が弱々しく響いた。

「特に気にはならなかったかな。あ、最終回は絶対読むよ」

そう言う智を「ちょっと失礼だよ」と咎めながら、美月は「お茶淹れるね」と台所へ向かった。

今年に入ってから、俺が美月のもとへ送るようになったのは十万円の養育費、ではなく掲載前の原稿だ。そして、写真が届く代わりに、智と美月が月末の日曜日にここへ訪れるようになった。

　小説の感想を言いに来ているはずなのに、二人からは「まあいいんじゃない」「うん、おもしろかった」くらいで、参考になる意見はまだ聞けていない。


　あの日、実家を飛び出した俺は美月の所へ向かおうとしてはっとした。二十五年間毎月送られてきた封筒に住所が書いてあったはずなのに、俺は美月の住まいを知らなかった。自分のあまりの無関心さに恐ろしくなる。住所を調べる時間が惜しかったし、一度家に戻ってしまえばきっと足が止まってしまう。今の勢いがないと美月には会えない。そう思った俺は、そのまま智がバイトしている駅前のローソンを訪れた。美月と会おうとする俺の背中を、智も押してくれるはずだ。

　ところが、ローソン駅前店は忙しく、智の姿を見つけたものの、話ができる状況ではなかった。菓子を一つ手に取り列に並び、「美月や君と話をしたい」とレジを打つ智になんとか声をかけたが、「小説家じゃないんだから勤務時間に込み入った話はできないよ」とあしらわれた。挙句《あげく》には、「大事な話があるんだ。いや、話をしなくちゃ」と食い下がったのに、「いつかおっさんの家にお母さんと行くからさ。はい、お釣り。後ろのお客さんに迷惑だから」と、流されてしまった。

勇気と勢いを持って動いたって、小説みたいにドラマティックにはいかない。現実は滑稽でまどろっこしいものなのだ。

その二週間後、智と美月がやってきた。親父やおふくろと再会した時は、さほど年月が流れていないように思えたが、美月はずいぶんと変わっていた。出会った時は空っぽで外見だけが取り柄だ、そう感じていた。しかし、目の前の美月は化粧っけもなく地味な洋服を着て、着飾ることには頓着がないようだった。相変わらず目鼻立ちははっきりしてきれいではある。だけど、おおらかな雰囲気をまとう美月は、あのころとはまるで違う人物のようだった。

「子ども一人育てたら、こうなっちゃうよ。自分のことを後回しにしてるうちにどっと老けちゃった。やっぱり、手入れしないとだめなんだね」

美月はくしゃくしゃに目じりにしわを寄せて豪快に笑った。

二十五年という時間も、俺がしたことも、何もかもを吹き飛ばすような力強い笑顔。一人で智を育てたのだ。若くして突然母親になったのだ。苦労したはずだし、つらいこともやるせないことだってあっただろう。それなのに、そんな推測を寄せ付けない、一切の曇りがない笑顔。俺がこんなふうに笑えるのには、どれほどの経験が必要なのだろうか。

「今さらだけど、何かしたい。何かさせてほしい」という俺の申し出は、「智も独り立ちしたたし、何も困ってないんだよね」とあっさり却下されてしまった。

その後、俺の小説が好きであの日の飲み会はうきうきしていたこと。けれども、妊娠後何度か会ううちに俺の本性にすっかり冷めたこと。それでも、小説だけは変わらず好きで読み続けていたこと。美月からそんな話を聞くうちに、書いたものを一番に二人に見せる、というのが俺たちの新しい取り決めになり、原稿を送った後の日曜日、二人がこの家を訪れるようになった。


「さあ食べよ」

美月はお茶をそれぞれの湯呑に入れると、席に着いた。

「いただきます。それにしても、おっさん、よくこんな米ばかり集めたね」

「ああ。今日、今年度第一回目の班長会で、自治会の人たちに会ってさ。みんななんだかんだとくれて……」

「おっさん、どれだけ物欲しそうな顔で班長会に出席してるんだよ。っていうか、班長になったんだ。大出世じゃん」

智は「やったね」と拍手までしてくれたが、大出世も何も五班で班長をしたことがないのは自治会に入ったばかりの俺だけで、順番が回ってきただけの話だ。そう弁明する俺に、美月は、

「賑やかに暮らしてるんだね」

と微笑んだ。

「ああ、まあな」

あのころは人に好かれるために作られたものだと思っていた美月の笑顔は、包容力があって、笑いかけられるだけで安心する。

「三丁目のおばちゃんたち料理うまいから、もらえるのはラッキーだけどね。よし、今日はどこからだっけな。前回は、俺が保育所で小難しい本を読んで周りを驚かせたところまで話したんだよね。うーん、じゃあ、おっさんの実家に初めて行ったくだりからスタートするか。では、お母さんどうぞ」

智が穴子寿司をほおばりながらそう言い、

「勝手に司会進行しないでよ。そう仕切られると話しにくいじゃない」

と、美月はため息を交じらせて笑った。

「だって、おっさんとお母さんに任せてたら、この二十五年を話し終わるのに、何十年

とかかるよ。最終場面を話すまで二人とも生きていられる?」

「失礼ね。智が大きくなりだしてからはたいした話ないから、後半はすぐ終わるわよ。生意気でかわいくなかったから中学の三年間は省略する予定だし」

「本当に? 俺、中学時代、活躍してなかった?」

「覚えてないなあ。小学校卒業後は、高校二年まで飛ばすつもり」

美月はそう言うと、本当に愉快そうにけらけらと笑い声を立てた。

「子どもといると、怒って笑ってばかりだからかな」、美月はこの前そう言っていたが、こんなに笑い方には種類があったんだと彼女を見て初めて知った。そして、笑っている人がそばにいると、どんな献立であっても、食事は格段に楽しくなる。

「あ、そうそう。このあさりの炊き込みご飯、食べる直前に刻み生姜をかけるように森川さんに渡されてたんだ。ちょっと待って」

俺が台所から生姜を持ってくるのに、

「ちょっとおっさん、のんきに生姜かけてる場合じゃないよ。君たちの二十五年を一瞬残らず俺に教えてほしいって、寒いことを暑苦しく叫んでたのおっさんだろう」

と、智が呆れた声を出した。

「ああ、うん。聞くよ」

「じゃあ、あなたの実家に行った話からね」

美月は俺から受け取った生姜をご飯にかけると、話を始めた。

「智が四、五歳になってしっかり話せるようになったころかな。父親のことを知らせたほうがいいだろうって思ったの。智も父親がいないんだって理解し始めていたし……。それで、父親がどんな人か知るには、おじいちゃんおばあちゃんに会うのがわかりやすいかなって」

「勇気があったね」

俺が感心するのに、「勇気？」と美月はきょとんとした。

「俺の両親に会うの、ハードル高いというか」

「そうかな」

「そうだよ。突然誰だと思われるだろうし、追い払われる可能性だってあるだろう？それに、美月は俺の親の顔なんて見たくないと思わなかったの？」

「そこまで考えてなかったな。子どもができると、自分の人生なのに、とたんに主役が子どもに移っちゃうんだよね。だから、私自身がどう感じるかは関係なくなって、ハードルなんてものもなくなっちゃうんだ」

「へえ……。すごいんだな。子どもって」

「そう。すごいよ。智が生まれて、自由が消え去って、仕事とか趣味とか今まで手にしていたものはほとんどなくなった。でも、子どもといることでしか味わえない、心の奥底からにじみ出るようなないとおしさって、何にも代えられないんだよね。智がいれば、何でもできそうな気がして、他に何もいらない気がした」

美月はそう言ってから「まあ、気がしただけなんだけど」と肩をすくめて、「うん、たぶん、気のせいだな」と智も笑った。

二人はしゃべりながらでもよく食べる。俺も追いつこうとパエリアを口にしてから質問を続けた。

「親父やおふくろに、俺への恨みつらみを話したくはならなかったのか？」

「それはないかな。確かに智が生まれるまではあなたに腹も立ってたし、ずっといらいらしてた。小説は好きだったけど、書いている本人は自己中心的でとんでもない男だって。けれど、智が生まれて、つきものが落ちたようにそんな感情が消え去ったというか……。まあ、子育てがあまりに忙しくて、あなたのこと考えてる暇はなくなったってだけだけどね」

美月はそう笑うと、「森川さんの味付けって絶妙だよね」とあさりの炊き込みご飯を口に運んだ。

「ああ。森川さんの家の料理は飽きないんだよな。でもさ、親父やおふくろには会いに行ったのに、俺には、その、会いに行こうとか智と対面させようとか思うことはなかったのかな」

「まさか。毎月写真を送っても何もしようとしない人に、こちらから出向いてもいい結果は得られないでしょう」

美月は俺の発言に思い切り顔をしかめて、

「そうそう。あんなかわいい子どもの写真見たら、飛んで会いに来るのが普通だよ。もしくは、養育費百万円に値上げするところなのに、おっさんときたらさ」

と、智もわざとらしくため息をついた。

「そっか……。そうだよな」

「あなたは子どもを求めてなかったし、あのころのあなたに会っても、智にいいことは起きなかった気がする」

「ああ、そうだな。すまない……」

自分の軽率な発言に恥ずかしくなる。以前の俺は、智や美月に会いに来てもらえるような人間ではなかった。

「謝ることないよ。二人で楽しくやってたし。あ、あなたのこと仲間外れにしてたわけじゃないよ。ちゃんと小説は読んでたしね」

美月は慰めるように俺の顔を見て笑った。

自分よりも優先すべきものがあるのだ。そこには揺るぎない覚悟がいる。子どもと共にある日々は、どれほどの強さや寛大さを美月にもたらしたのだろう。

「それより、仕事は順調？　今の連載、ちょっと暗すぎる気がするんだけど……」

美月は少し声をひそめてそう言った。

「やっぱりそうか。編集者にもいくらなんでも深刻すぎて読むのがしんどいと言われている」

俺は頭をかいた。今、一緒に仕事をしている片原は、毎回鋭い指摘をしてくる。

「そうなんだ」

「ああ。自分でも意外なんだが、こんなふうに実生活が幸せすぎると、気弱になるんだな。それが文章にも出てしまうようで……」

俺がそう言うと、智と美月は同時にふきだした。

「おっさん、今までどれだけ不幸だったんだ」

と、智が言い、

「あなたの幸せってすごく簡単だったんだね」

と、美月もお腹を押さえて笑った。

「まあ、そうかな」

終わりを迎えたくない夕飯。やってくるのが待ち遠しい月末の日曜日。智や美月の笑い声。絶対に失くしたくはない。そう思うと、こんなにも楽しいのにどこか息苦しくなる。森川さんや笹野さんにだって嫌われるのが怖いし、近所の人の目も気になる。班長になったからには、それなりの仕事をして五班の人に認めてももらいたい。

以前は、そういう厄介なことから離れていられた。気楽で自由で自分のためだけに気持ちを使えばいい毎日。それが今、手放したくないものができた俺は、とんでもなく臆病だ。

この日々はちょっとやそっとで崩れるものではない。そう確信できるまでには、もっとやらなくてはいけないことがある。

「ね、話、全然進んでないけど大丈夫？　俺、明日バイト早番だから、今日は早めに帰りたいんだけど」

智に言われて時計を見ると、もう九時を回っている。一人でごはんを食べると十分とかからないのに、誰かと食卓を共にするとあっという間に過ぎてしまう。

「じゃあ、かりんとうでお茶にしよう。桜風味の期間限定かりんとうを買ったんだ。それと大福。こっちは春限定のいちご味」

俺は台所から紙袋を持ってきた。昨日、駅前のショッピングセンターで買っておいたものだ。

「おっさん、大福屋とかりんとう屋に丸め込まれてるんじゃない？　毎月なんだかんだ買わされてさ」

「そうやっていちいち智が余計な口挟むから話が進まないのよね」

美月は汚れた皿をテーブルの隅に片付けながら言った。

「よく言うよ。お母さんが子どもってすばらしいみたいなおおげさな話を毎回取り入れるからだろう。次回からは事実のみを話してくれよな」

「事実のみ？　そんな話、聞いておもしろい？　大事なのは智や私がどう思ったかってとこでしょう？」

「ああ、こりゃ、一生話終わらないな。おっさんも何とか言ってよ」

「ああ、まあ……」

俺はかりんとうを皿に並べながら、美月と智が言い合うのを聞いていた。

智について語りつくすなんて、とうてい無理だ。智にまつわる話も、俺たちの話も、結末はない。明日も明後日も。これからの俺の日々が、きみを知る日だ。

文春文庫

傑《けつ》作《さく》はまだ

定価はカバーに
表示してあります

2022年5月10日　第1刷

著　者　瀬《せ》尾《お》まいこ
発行者　花田朋子
発行所　株式会社 文藝春秋

東京都千代田区紀尾井町 3-23　〒102-8008
TEL 03・3265・1211(代)
文藝春秋ホームページ　http://www.bunshun.co.jp

落丁、乱丁本は、お手数ですが小社製作部宛お送り下さい。送料小社負担でお取替致します。

印刷・凸版印刷　製本・加藤製本
Printed in Japan
ISBN978-4-16-791871-2